WALHALLA

DIE PFORTE NACH ÅSGÅRD

Ein Mystery-Roman von
Parzzival

Die Namen sind frei erfunden.
Evtl. Namensgleichheiten sind zufällig.

Die Schreibweise mancher Wörter ist
genau so beabsichtigt.

www.verlag-der-schatten.de
Erste Auflage 2015

Covergestaltung: Grafikdesign für Buchcover AH

Lektorat: Verlag der Schatten

printed in Germany
ISBN: 978-39817123-3-9

Walhalla

Die Pforte nach Åsgård

Ein Mystery-Roman von

Parzzival

Es ist eine sternenklare Nacht, als zwei junge Paare aus Frust und Übermut eine Bier-Party vor der Regensburger Walhalla feiern.

Je weiter die Nacht voranschreitet, desto mysteriöser werden die Geschehnisse um sie herum.

Als sie sich durch das plötzlich immateriell gewordene Hauptportal begeben, erwartet sie dort jedoch nicht die weiße Säulenhalle des Innenraums, sondern die wahre Walhalla, deren Existenz für die Jugendlichen bisher jenseits jeder Vorstellung gelegen ist.

Dort müssen die Freunde stellvertretend für alle Menschen Prüfungen bestehen, die für das Kollektiv-Bewusstsein der Erdbevölkerung etwas Neues initiieren. Göttervater Wodan möchte nämlich eine durchaus wahrscheinliche, globale Ragnarök vermeiden. Das ist aber nur möglich, wenn es der menschlichen Spezies aus eigener Kraft gelingt, eine höhere Bewusstheit zu erreichen. Der Schlüssel dazu sind diese vier Jugendlichen.

Inhalt

»Walhalla – Die Pforte nach Åsgård« ist keine bloße Fiktion im Sinne eines Fantasy-Romans, sondern eine Rückschau auf alte Werte des Germanentums. Und gleichzeitig eine Zukunfts-Vision für die Entwicklung Mitteleuropas, in dem die Seele des erwachten Menschen irgendwann all die Bosheiten der Ära der Lügen beiseitegeräumt haben wird.

Möchte Walhalla förderlich sein der Erstarkung und Vermehrung deutschen Sinnes! Möchten alle Deutschen, welchen Stammes sie auch seien, immer fühlen, dass sie ein gemeinsames Vaterland haben, ein Vaterland, auf das sie stolz sein können; und jeder trage bei, soviel er vermag, zu dessen Verherrlichung.

Ludwig I, König von Bayern 1830 – 1842

Einen Herzens-Dank sende ich an meinen geistigen Bruder
Elmar Frank-Heyes,
dessen Wissen um keltisch-germanische Mystik
im Einklang mit seiner druidischen Erfahrung
diese Erzählung abrundete.

-Parzzival-

Prolog

Frankfurt am Main, Stadt des Geldadels

»Hey, Alter!«, rief der jugendliche Türke mit deutschem Pass einem pummeligen Kumpel undefinierbarer Herkunft entgegen. »Komm mit, ein paar Reifen aufmischen!«

Der Dickliche schluckte die letzten Reste der zweiten Bockwurst hinunter, ließ die mit Tomatenketchup beschmierte Pappschale achtlos auf die Straße vor der Imbissbude fallen, nickte heftig und rannte seinem Freund hinterher, so rasch es die vom Bier gesättigten Wülste seines Bauches erlaubten.

Zwei Straßen weiter begann ein etwas besserer Stadtteil. Weniger Müll lag dort herum. Keine Prostituierten gingen nachts auf Kundenfang. Und hier und da war sogar ein Mittelklassewagen auf der Straße geparkt.

»Hey!«, rief der Dicke schon nach zehn Minuten. »Der hier passt! Gehört so 'ner Arsch-Kack-Spießer-Familie. Hä, hä … *Baby on board*! So 'n Scheiß-Piss-Motherfuck-Daddy!« Der Dicke blieb breitbeinig auf dem Gehsteig stehen – das verbotene Butterfly-Messer griffbereit in der Hosentasche –, um jeden Passanten, der die Aktion stören könnte, zum raschen Weitergehen zu bewegen.

Bülent, dessen Eltern eine Auffang-Einrichtung für drogensüchtige Jugendliche leiteten und sich aufopfernd für ihre Mission einsetzten, holte ein Spitzmesser aus seiner Weste, das schon manchem Reifen das Leben aushauchen ließ, und stach zu. Zwei Mal auf jeden Reifen. Die schnell entweichende Luft zischte und der Wagen sackte nach unten.

Streng nach Murphys Gesetz ereignete sich aber, während sich die beiden Halbwüchsigen wieder zur Imbissbude trollten und sich über die deutschen Spießer lustig machten, mit denen man sowieso alles treiben könnte, in jener Familie just in diesem Augenblick etwas Schreckliches.

Das Baby, von dessen Anwesenheit der Aufkleber am PKW der Familie zeugte, bekam einen schweren Asthma-Anfall. Notfall-Spray war nicht mehr vorhanden.

Besorgt rannten die Eltern mit ihrem Kind hinaus, um es rasch zur Klinik zu fahren.

Als der Vater die Fahruntüchtigkeit des Autos erkannte, stützte er sich zunächst geschockt auf dem Kotflügel ab. Dann schoss Wut – ja maßloser Hass – auf die Reifenstecher in ihm empor, während die Mutter erst hilflos herumschrie, bevor sie mit dem Kind im Arm wieder ins Haus rannte, um einen Notarzt zu rufen.

Dieser aber kam zu spät. Er konnte nur noch den Erstickungstod des Kleinkindes feststellen.

Die ebenfalls herbeigerufene Polizei wirkte zwar betroffen, doch statt den Eltern Trost zu spenden und aktiv Hilfe zu leisten, indem sie eine sofortige Fahndung nach den Tätern einleiteten, meinte einer der Beamten nur: »Es ist sehr unwahrscheinlich, dass wir die Täter jemals ausfindig machen werden. Außerdem wäre ich an Ihrer Stelle längst aus dieser Gegend weggezogen. Es ist absolut unverantwortlich, mit einem Kleinkind in diesem Stadtteil zu wohnen.«

Berlin, Hauptstadt der BRD

Als Berlin noch Hauptstadt der DDR war, war es sowohl im Westen als auch im Osten der Stadt problemlos möglich als Frau des Nachts alleine durch die Straßen zu schlendern.

Heute sollte man dies besser lassen, wenn man nicht erfahren in der Kampfkunst oder bewaffnet ist.

Selbst Letzteres bietet nur eine trügerische Sicherheit.

Den Kräften der Verrohung und Bosheit geht es nämlich gar nicht mehr darum, jemanden zu berauben oder eine wehrlose Frau zu vergewaltigen, sondern nur noch darum, blind zu zerstören.

Tina – ein junges, hübsches Mädchen aus gutem Elternhause – war für das heutige Berlin leider zu naiv. Kein Wunder, war sie doch im ländlichen Niederbayern aufgewachsen, wo die Welt noch in Ordnung ist, wie man dort behauptet. Sicher nicht immer wahr, doch waren für bayrische Verhältnisse die Zustände in manchen Bezirken der Bundeshauptstadt ein ferner Albtraum. Zu fern, um in seiner schrecklichen Wirklichkeit registriert zu werden.

Als Tina mit ihren Eltern nach Berlin zog, lernte sie rasch viele Männer kennen, die ihr mehr oder weniger freizügig den Hof machten. Die Internationalität Berlins und das Gewirr an fremdländischen Eindrücken waren für das dörflich geprägte Mädchen wie die Offenbarung der großen, weiten Welt.

Durch die geschickten Anmach-Taktiken landete Tina schnell in den Betten allerlei sogenannter Freunde, die das Mädchen mit dem unschuldigen Blick nur allzu gerne verführten. Nach einer wilden Nacht ließen sie sie jedoch stets in eine emotionale Leere fallen. Liebe erfuhr Tina in diesen

Kreisen nicht, obwohl sie sich so sehr danach sehnte. Gier und besitzergreifende Täuschung jedoch umso mehr.

Irgendwann wurde sie von einem Afrikaner tröstend in die Arme genommen. Er versprach ihr, sich um sie zu kümmern. Und er schenkte ihr ein Pulver, das sie schnupfen sollte, um wieder glücklich zu werden.

Der Rest ist rasch berichtet: Tina wurde drogensüchtig. Erst Kokain. Dann Crack. Und schließlich Opiate.

Als sie die Drogen nicht mehr über Prostitution finanzieren konnte, wurde sie kriminell und schloss sich einer Bande von jugendlichen Einbrechern und Dealern an.

Kurze Zeit später wurde sie in einer Szenekneipe bewusstlos auf der Toilette gefunden. Niemand rief den Notarzt oder die Polizei. Im Gegenteil. Ein paar Jungs vergnügten sich noch einmal mit ihrem schlaffen Körper. Dann warfen sie Tina in den Kofferraum eines Autos, fuhren sie ein paar Blöcke weiter, um Spuren zu verwischen, und legten sie wie Abfall zwischen einigen stinkenden Müllsäcken in einem Hinterhof ab, wo sie innerhalb weniger Minuten verschied.

Regensburg, nahe der Walhalla

In der Abschlussklasse eines Gymnasiums waren die letzten Abiturprüfungen abgelegt worden. Noch war unklar, wie sie ausgefallen waren. Doch Anna und Rainer sowie Freya und Hartmuth – zwei befreundete Paare, die viel zusammen unternahmen – wussten, dass sie nicht gerade Glanzvolles geleistet hatten.

Jetzt saßen sie im Restaurant eines Fastfoodgiganten und ließen ihrem diesbezüglichen Frust freien Lauf.

»Dein geplantes Medizinstudium kannst du an den Nagel hängen, wie's aussieht«, frotzelte Hartmuth in Rainers Richtung. »Na ja, die Idee, Psychiater zu werden, ist sowieso irgendwie bescheuert, finde ich. Da hat man ständig Verrückte um sich herum. Bist du nicht selbst verrückt genug?«

»Blödmann!«, meckerte Rainer, während die beiden Mädchen vor sich hin schmunzelten. »Iss mal brav deinen Burger und halt die Klappe, Hardy. Wie kann man andere als verrückt bezeichnen, wenn man selbst den verrücktesten Namen hat, den's gibt!«

»Nicht neidisch werden!«, mokierte sich Freya. »Das bedeutet eiserne Härte und Mut. Als ob er ein Kämpfer wäre, mein Hartmüthchen! Aber toll ist der Name trotzdem.«

Die blonde Anna lachte über das ganze Gesicht, als sie einwarf: »Und Freya bedeutet wohl, dass du Freiwild für alle Männer bist?«

Die Angesprochene fühlte sich sofort unangenehm an ihre Vergangenheit erinnert. »Nö, aber Fruchtbarkeit steckt drin«, konterte sie. »Ich glaube, das war eine Fruchtbarkeits-Göttin. Hatte es also bestimmt faustdick hinter den Ohren.«

»Wie du! Womit wir wieder bei den Verrückten wären«, beendete Rainer gekonnt den Themenkomplex.

Alle lachten herzhaft auf, bevor sie weiter ihre Burger mampften, als ob sie mit der Pampe den aktuellen Frust herunterwürgen könnten.

»Leute, ich halte es zu Hause nicht mehr aus«, ergriff Anna plötzlich ernst das Wort. »Meine Eltern sind ja jetzt auf Hartz IV. Der Alte ist nur noch besoffen und meckert an allem herum. Er hat Mama sogar schon eine gescheuert. Außerdem sieht er mich manchmal an, als ob er richtig heiß auf mich wäre.«

»Kann ich irgendwie nachvollziehen! Bist doch eine scharfe Maus!«, grinste Rainer belustigt und kassierte einen strengen Blick von seiner bildhübschen Freundin.

»Das ist nicht witzig!«, rief Anna empört. »Der Alte ist durchgeknallt!«

»Womit wir wieder bei den Irren wären!«, warf Hartmuth mit vollem Mund ein. »Musst doch ein Psychofritze werden, Rainer. Einen ersten Kunden hättest du schon. Deinen Schwiegerpapi! Aber … hm … mach besser einen auf Schönheits-Chirurg. Dann kannst mir mal meinen Speck entfernen. Der nervt!« Demonstrativ fasste Hartmuth sich an die mächtigen Wülste, die seinen Bauch umringten.

»Friss einfach nicht so viele Burger!«, fauchte Freya ihn belehrend an. Sie war spindeldürr, an der Grenze zur Magersucht, weil sie sehr unter den Problemen mit ihren Eltern litt. Ihre Erziehung war extrem streng. Weder Vater noch Mutter ließen ihr die nötigen Freiräume für ihre persönliche Entwicklung. Sie erdrückten sie stattdessen mit altmodischen Reglements und gluckenhafter Pseudo-Liebe. Kein Wunder, dass sie sich in vielen Betten austobte, ohne die ersehnte Liebe zu finden. Mit Hartmuth verband sie zum ersten Mal ein enges Band echter Freundschaft, auch wenn diese primär darin bestand, sich gegenseitig den Lebensfrust zu berichten.

Hartmuth, dessen zweiter Vorname Baldur lautete, reagierte auf Freyas Spitze überhaupt nicht, sondern mampfte seelenruhig seinen Burger weiter. Er wusste, dass sein Bauchspeck durch Frust-Essen entstanden war. Von den alten germanischen Heldensagen und griechischen Epen wie Ilias und Odyssee sehr angetan, litt der Jugendliche sehr darunter, dass es heute nahezu unmöglich war, ein Held zu sein, ja überhaupt den kämpferischen Pfad eines Helden einzuschlagen. Er wusste wohl, was seine Vornamen aussagten, sah sich aber absolut unfähig, aus den Nomen auch ein Omen werden zu lassen. Er hatte resigniert. Hatte sich mit dem Schicksal eines öden und absolut gleichförmig verlaufenden Lebens abgefunden, das bis zum Sarg wohl kaum ein echtes Abenteuer oder gar die Chance Heldenmut zu zeigen mit sich bringen würde. So stopfte er sich in den hungrigen Schlund, was immer er hineinstopfen konnte, um seinen Unmut überhaupt ertragen zu können.

»Hey Leute, ich weiß was! Freya mit ihrem antiquierten Namen hat mich drauf gebracht«, rief Rainer plötzlich in die Runde. »Jeder von uns hat doch Frust momentan. Den müssen wir also irgendwie loswerden. Da wir schon lange kein richtiges Besäufnis mehr gefeiert haben, wie wär's, wenn wir am Wochenende zur Walhalla rauffahren und so richtig einen draufmachen. Wir nehmen Bier mit, Schnaps und Schlafsäcke, und bleiben über Nacht dort oben. Die Nächte sind ja noch kalt, deshalb sind zu der Zeit bestimmt keine Besucher mehr dort. Also, warm anziehen! Wir können mein Auto nehmen. Was meint ihr?« Rainer war zwar derjenige, der aktuell am wenigsten mit Problemen belastet zu sein schien, doch dieser Schein trug. Er stand unter immensem Leistungsdruck. Seine Eltern würden ihm jede Zuneigung und Zuwendung entziehen, wenn er nicht erfolgreich Medizin studieren würde. Sein Vater war schließlich ein nicht gerade unbekannter Arzt. Im Auftrag der Pharma-Industrie organisierte er europaweite Impf-Kampagnen, um den armen Herstellern von Impfstoffen zu mehr Einnahmen zu verhelfen, indem er die impfmüde Bevölkerung vor der Bedrohung von seltsamerweise immer aggressiver werdenden Viren und Bakterien warnte. Ein wichtiger Job, wie er meinte. Und wie es von der Gesellschaft auch empfunden wurde. Von Rainer wurde daher erwartet, dass er in die großen Fußstapfen seines Vaters trat. Er war bereits Mitglied einer entsprechenden Verbindung, die nahezu automatisch in einen Rotary Club und weiter in eine spezielle Freimaurerloge mündete, wo sein gesellschaftlicher Aufstieg bereits vorprogrammiert war, wenn er denn die nötigen Einsichten und Voraussetzungen mitbrächte.

Rainers Vorschlag wurde Beifall klatschend angenommen. Bereits am kommenden Freitag, an dem schönes Wetter angekündigt war, wollte man gemeinsam bei Einbruch der Dunkelheit zur Walhalla fahren, um auf den vorderen Stufen, mit Ausblick auf die Donau, einen draufzumachen.

Schondorf am Ammersee, Institut für Metaphysik und Symbolik

Während sich in drei deutschen Großstädten diese mehr oder weniger dramatischen Szenen abspielten, wurde in der kleinen bayrischen Akademie für alternative Wissenschaften ein interessanter Vortrag gehalten.

Professor Grotenbrink – Vorsitzender des Studienkreises für germanische und keltische Mystik – referierte gerade vor einem interessierten Publikum: »... und deshalb, meine Damen und Herren, gehen wir heutzutage immer mehr zu der Annahme über, dass die alten Götter nicht nur als symbolhafte Wesensteile des Menschen oder gar als aus Massenhalluzinationen entstandene Wunschträume von Primitiven zu werten sind, sondern als sehr reale Wesen, beheimatet in anders schwingenden Seins-Bereichen abseits der Materie, statisch in ihrer Wesenhaftigkeit zwar, aber dennoch mit höchst verwunderlichen Eigenschaften und Fähigkeiten ausgestattet. Der moderne, rational verseuchte Mensch hat sich zwar mehr und mehr aus dem Schwingungs- und somit Einflussbereich dieser Gottheiten entfernt, doch haben die alten Götterwesen nichts von ihrer Kraft verloren. Sie sind jedoch nur noch selten dazu fähig, diese Kraft zum moralischen Wachstum des Menschen anzuwenden, da der moderne Mensch die Kontaktfähigkeit zu ihnen zumeist verloren hat. Seine inneren Sinne sind zu stumpf geworden, um noch entsprechende Resonanzen verspüren zu können. Nur in Ausnahmesituationen, bei Menschen, die ihr Bewusstsein den höheren Mächten des Kosmos zuwenden, könnten vielleicht noch echte Kontakte zustande kommen.

Die mysteriöse Stimme

Der Parkplatz unterhalb der Walhalla ist tatsächlich völlig leer, als Rainer mit seinem Kleinwagen dort hält.

Die Dämmerung beginnt, der Nacht zu weichen. Der Vollmond hebt sich dunkelgelb über den östlichen Horizont.

Rainer steigt aus, öffnet den Kofferraum, um zwei Kästen Bier, eine Picknick-Tasche mit belegten Broten drin, drei Schlafsäcke – will er doch mit Anna einen Doppelschlafsack nutzen –, ein paar Taschenlampen und zwei Wodka-Flaschen herauszuholen, die er, wie die Lampen, in die Tasche steckt.

»Brauchen wir Isomatten?«, fragt er die nun ebenfalls ausgestiegenen Freunde.

»Denke nicht«, antwortet Freya.

»Es bleibt wohl einigermaßen lau heute Nacht«, bekräftigt Hartmuth.

Dann langen die Mädchen nach der Picknick-Tasche, auf die noch der Doppelschlafsack gelegt wird, während ihre Freunde jeweils einen Kasten Bier auf die Schulter hieven, auf denen noch je ein Schlafsack liegt.

So bepackt laufen sie den leicht ansteigenden Weg hinauf zur Walhalla.

Wie erwartet, begegnet ihnen keine Menschenseele.

An den dem Parkplatz zugewandten Stufen des Säulentempels stellen die Freunde das Gepäck erst einmal ab, verschnaufen kurz, um dann an den seitlichen Marmortreppen des Säulengangs entlang die Sachen zum Eingang der Walhalla zu schleppen, wo sie sich auf den breiten Stufen zum Haupteingang ein passendes Plätzchen mit Blick auf die Donau suchen.

Dort werden die Bierkästen und die Tasche abgestellt, die Schlafsäcke als Sitzunterlage ausgebreitet, ein paar belegte Brote ausgepackt und die Taschenlampen verteilt. Rainer öffnet – begleitet vom üblichen Zischen – vier Flaschen Bier, drückt seinen Freunden je eine in die Hand und ruft laut: »Prost! Lasst uns diesen Abend mit viel Bier und Schnaps genießen, wie es einst unsere Vorfahren mit dem Met getan haben!«

»Die lebten auch in Freiheit!«, murmelt Hartmuth daraufhin niedergeschlagen.

»Und hatten keine Familienprobleme!«, fügt Freya hinzu, bevor Anna schnaubt: »Sie wurden von ihren Vätern auch nicht blöd angeglotzt!« Dann lassen die Freunde die Flaschen aneinander klingen und setzen zu einem ersten Schluck an.

Während die anderen es sich auf den Schlafsäcken bequem machen und auf die Donau hinunterblicken, deren Wasser im Mondlicht funkelt, holt Rainer eine der Schnapsflaschen heraus, öffnet sie und nimmt einen tiefen Zug, bevor er die flüssige Droge an die anderen weiterreicht.

Als Hartmuth einen großen Schluck Schnaps hinuntergewürgt hat, gibt er einen Rülpser von sich, der sogar seine Bauchrundungen zum Wackeln bringt.

»Hardy, Hardy, was würden die alten Recken der Walhalla von dir denken, wenn du vor dem Eingang der hehren Halle solche Töne von dir gibst?«, schmunzelt Rainer und setzt sich nun ebenfalls.

Da ist hinter ihnen, just am genannten Eingang, plötzlich ein seltsamer Ton zu hören.

»Ojä!«, klingt es leise zwischen den Säulen hervor, als ob eine geisterhafte Stimme: »Oh je!«, gehaucht hätte.

Erschrocken erstarren die Freunde im ersten Moment. Dann springen sie auf und rennen die breite Treppe hinauf. Doch niemand ist im Licht der Scheinwerfer zu sehen.

Hartmuth blickt auf die Schnapsflasche, die er noch in der Hand hält, und grinst: »Na sowas, ich habe doch erst einen Schluck davon getrunken.«

»War bestimmt nur der Wind«, winkt Anna ab und zuckt mit den Schultern, was alle zu beruhigen scheint, ungeachtet der Tatsache, dass es eigentlich windstill ist.

Dann schlendern sie die Stufen wieder hinunter, setzen sich auf ihre Schlafsäcke und starren still auf die Donau hinab, die von ihren schon leicht vom Alkohol getrübten Wahrnehmungen wie eine silbrig schimmernde und glitzernde Schlange erscheint.

»Glaubt ihr eigentlich an Geister?«, fragt Freya plötzlich in die Runde. »Ich meine, wegen des ominösen Stöhnens vorhin.«

»Lass dir von einem angehenden Seelenklempner sagen, dass es so etwas nicht gibt«, antwortet Rainer sogleich. »Das sind alles nur Wunschbilder im Bewusstsein, um den Menschen etwas bei Laune zu halten. Ebenso wie Elfen, Engel, Dämonen, Götter und all das Zeug aus dem Märchenland. Ich habe vor zwei Monaten darüber ein Referat in Ethik gehalten, falls du dich erinnerst.«

Anna nimmt einen großen Schluck aus der Bierflasche, bevor sie ganz ernst flüstert: »Das Wort *Geist* ist schon seltsam irgendwie. Es bedeutet ja Gespenst, aber auch von unserem Verstand sagt man, er sei Geist. Dann redet die Religion noch vom Heiligen …«

Ein kräftiger Rülpser unterbricht sie in diesem Moment. »Uff, sorry, Prost!«, kommentiert Hartmuth seinen unbeabsichtigten Einwurf.

»Und das war der Geist aus der Flasche. Sagen wir Kartoffelgeist dazu. Auf Russisch auch Väterchen Wodka genannt!«, vollendet Anna gereizt ihre begonnene Ausführung.

Alle kichern leise.

»Aber das Geräusch vorhin bei den Säulen ...«, haucht Freya wieder.

»Haben wir doch geklärt!«, behauptet Anna. »Das war der Wind, der Wind, das himmlische Kind!«

Freya lauscht diesem Märchenzitat nachdenklich, bevor sie antwortet: »Du hast es für dich so geklärt. Es war die ganze Zeit aber völlig windstill.«

Lange sagt darauf keiner ein Wort. Alle blicken auf die Donau hinab und nippen zwischendurch an ihren Bierflaschen. Als sich eine dunkle Wolke vor den Mond schiebt, erstirbt das Glitzern auf der Donau. Nur die Lichter der Zivilisation sind noch zu sehen.

»Hoffentlich gibt's kein Gewitter. Die Wolke ist schon sehr dunkel«, bricht Hartmuth mürrisch die Stille.

»Nein!«, behauptet Rainer mit akademisch klugem Gesichtsausdruck. »Da fehlt, wie man hier so sagt, der typische Gewitter-Schlauch hochgestiegener Wolken! Außerdem ist heute keine Gewitterneigung. Das spürt man doch!«

Als ob Wodan höchstpersönlich diese Worte mit Verachtung strafen wollte, blitzt es in diesem Moment heftig und Donner grollt laut über sie hinweg.

Entsetzt springt Hartmuth auf. »Habt ihr das gesehen? Der Blitz hat ausgesehen wie ein Speer, der genau hierher zeigt!«

Freya, die ebenfalls aufgesprungen ist, flüstert totenblass: »Leute, hier stimmt was nicht. Eine komische Stimme. Und Blitze, die es nicht geben darf. Kommt, hauen wir ab!«

Ängstlich blickt auch Anna um sich, klammert sich an Rainers Arm, schweigt aber zu den Vorgängen.

»Spinnt ihr, Leute?« Rainer schüttelt seelenruhig den Kopf, während er einen noch akademischeren Gesichtsausdruck aufsetzt. »Seid ihr schon so besoffen, dass ihr vor einem harmlosen Hochgewitter Angst bekommt? So was gibt's! Da braucht's keine Wolkentürme, da reichen Entladungen in der Stratosphäre oder noch höher. Und, Freya, es war nur ein einziges Geräusch – woher auch immer –, keine Stimme! Oder glaubt ihr, dass Hardys altgermanischer Zweitnamensgeber Baldur höchstpersönlich mit seiner Götterschar hier einen Spuk verursacht? Ha, ha! Also kommt ihr beiden, setzt euch wieder hin!« Er wartet, bis sie wieder sitzen, packt dann seine Bierflasche und hebt sie ihnen entgegen. »Prost!«

Als er sie ansetzt, vernehmen sie klar und deutlich eine dunkle Stimme: »Und wenn es doch so wäre? Was sagt dann deine Weisheit?«

Nun ist es Rainer, der erschrocken aufspringt. Er grapscht nach seiner Taschenlampe, schaltet sie an und blickt sich um. Vier Augenpaare folgen verunsichert dem hellen Kegel der Lampe. Nichts ist zu sehen, weshalb Rainer sich wieder auf den Schlafsack setzt, seinen Arm um Anna legt und sich brüstet mit den Worten: »Einen zukünftigen Psychiater kann man mit ein paar Bauchredner-Tricks nicht ins Bockshorn jagen. Also, kann jemand bauchreden? Oder wo steht das Tonband?«

Niemand antwortet. Stattdessen greift Hartmuth nach der Schnapsflasche, nimmt einen großen Schluck und reicht sie wortlos weiter. Nachdem jeder einen kräftigen Zug genommen hat, ist die Flasche leer. Und die Furcht legt sich, begünstigt durch den massiven Einsatz von Schnaps, langsam wieder.

Mit glasig werdenden Augen starren die Freunde auf die Donau hinab, ohne weiter ein Wort über die neuerliche Stimme zu verlieren. Nur die Mädchen blicken gelegentlich hinter sich, wie um sich zu vergewissern, ob nicht doch ein germanisches Götterwesen herumschleicht.

Kurze Zeit später beginnen die vier, träge dahinzudämmern. Der zu schnell getrunkene Schnaps zeigt seine Wirkung.

Nach längerem Schweigen und weiterem Nuckeln an den Bierflaschen steht Rainer auf und wankt ein paar Stufen die Haupttreppe hinunter, um hinter einem Vorsprung seine Blase zu entleeren, die nahezu geleerte Bierflasche dabei in einer Hand haltend. Als er die Stufen wieder hochsteigt, bleibt er etwa fünf Meter vor der Gruppe wie angewurzelt stehen und blickt mit ungläubig aufgerissenen Augen nach oben. Die Bierflasche entgleitet seiner Hand. Klirrend zerbricht sie auf der Marmorstufe.

Anna, Freya und Hartmuth verlieren sofort alle Trägheit, drehen sich um und folgen der Blickrichtung ihres Freundes. Was sie dort, direkt vor dem Hauptportal der Walhalla erblicken, lässt ihnen fast das Blut in den Adern gefrieren. Ein aus sich heraus leuchtender, wunderschön anzusehender Hüne steht mit gezogenem Schwert und in voller Rüstung vor dem Eingang. Streng, aber irgendwie listig, blickt er zu ihnen herunter und ruft mit dieser klar vernehmbaren, tiefen Stimme: »Von Åsgård aus schlugen sie eine Brücke, auf dass ihnen Midgård nie entrücke!« Dann folgt ein homerisches Lachen, während die leuchtende Kriegergestalt ihr Schwert hebt und damit einen einladenden Wink vollführt. »Folgt mir, ihr Halunken, worauf wartet ihr? Folgt dem Oberhalunken, das ist besser als Bier! Ich bin Åse, doch auch Riese, lade euch ein zur Götterwiese!«, fordert er sie auf, bevor er sich umdreht, ein paar Schritte auf die verschlossene Pforte der Walhalla zugeht und sich auflöst. Oder durch sie hindurchgeht?

Anna, Freya und Hartmuth springen auf. Ebenso entsetzt wie Rainer starren sie auf den Eingang des Säulentempels, wo sich die Leuchtgestalt vor nur wenigen Sekunden verflüchtigt hat.

Als Rainer sich wieder zu ihnen gesellt hat, grapscht Anna zitternd nach seinem Arm und wimmert: »Lasst uns abhauen! Das geht hier nicht mit rechten Dingen zu!«

»Quatsch!«, ruft Hartmuth sichtlich vom Schnaps enthemmt. »Wenn hier jemand meint, einen auf Gottheit machen zu müssen, dann werde ich ihn aus dem Hemd pusten, den Trottel.« Drohend schüttelt er die rechte Faust, wobei sich das Schütteln auf seinen Bauch überträgt.

»Was war das?«, fragt Freya völlig entgeistert.

Rainer, nun wieder ganz selbstsicher, spielt sogleich den Psychiater. »Glaubt mir, das ist nichts anderes als ein blöder Scherz von jemandem.«

»Und diesen Jemand werden wir uns jetzt greifen und ihm die Leviten lesen!«, grölt Hardy, bevor er die Stufen hinaufstapft, um sich in seiner ganzen Masse vor dem Tor der Walhalla aufzubauen. Der Kämpfer in ihm ist erwacht. Rainer folgt ihm sofort, dann – sehr zögerlich – auch die Mädchen.

Als die Burschen feststellen, dass die Türe fest verschlossen ist und das massive Tor keine Anstalten macht, sie in körperlicher Form hindurchzulassen, tritt Hardy heftig mit dem Fuß dagegen und brüllt spöttelnd: »Aufmachen, trottelige Götter! Wollt uns wohl verarschen?«, um gleich darauf seinen Fuß mit einem schmerzvollen: »Aua«, hin und her zu schlenkern. Das harte Holz lässt ihn vehement spüren, dass er keine feinstoffliche Gottheit ist, die durch Wände gehen kann.

Alle – außer Hartmuth – grinsen schadenfroh.

»Na los, Leute!« Anna wirkt plötzlich deutlich mutiger. »Lasst uns mal um die Halle herumgehen. Vielleicht finden wir die Ursache der Erscheinung!«

Rainer jedoch blickt ganz ernst auf die Tür und sagt mit veränderter, in sich gekehrt klingender Stimme: »Hier stimmt etwas ganz und gar nicht. Ich spüre etwas. Etwas ganz Seltsames.«

Dass sich ausgerechnet er jetzt auf seinen Spürsinn beruft, verwundert die anderen sichtlich.

»Was denn? Was spürst du?«, haucht Anna fragend in seine Richtung, während Rainer mit seinen Handflächen vorsichtig über das Holz eines Torflügels streicht.

»Dieses Portal hier, das ist ein Portal«, erklärt er perplex.

Seine Freunde blicken ihn nur an, als ob er durchgeknallt wäre, bis Anna ihn anstupst und meint: »Spinnst jetzt? Ein Portal ist ein Portal. Aha! Und Holz ist Holz, ja? Mann, Herr Psychiater, du musst dich wohl erst einmal selbst behandeln, was?«

Rainer aber bleibt völlig ruhig und geht auf die Frotzelei gar nicht ein. »So meinte ich das nicht. Ich will sagen, dass dieses Holztor nicht nur der Eingang zur Walhalla ist. Es stellt auch irgendwas Mysteriöses dar. Vielleicht einen Durchgang zu einer anderen Seinsweise. Wir müssen das nur so sehen wollen. In der Psychologie kennen wir ja die Bedeutungen der Bewusstseins-Ebenen des Menschen. Vielleicht ist dieser Eingang eine Art Katalysator, um ...« Weiter kommt er nicht, denn das Holz beginnt plötzlich, leicht zu flimmern. Kleine, blaue Flämmchen vollführen darauf einen unheimlichen Tanz, als ob es von Elmsfeuer überzogen werden würde.

»Oha, was ist das denn?«, stöhnt Freya erschrocken auf.

Ohne über seine Aktion nachzudenken, drückt Hartmuth sofort mit den Händen kräftig gegen die Pforte. Überrascht ruft er den anderen zu: »Hey, seht mal her! Das verhält sich wie Gummi. Es ist gar nicht mehr hart!« Hartmuths Hände versinken wahrlich in dem flirrenden Holz wie die knetenden Hände eines Bäckers im Brotteig.

»Das gibt's doch nicht!«, stößt Anna entgeistert aus.

Die alkoholbedingte Trägheit, die noch vor wenigen Minuten die Freunde im Griff hatte, scheint komplett verschwunden zu sein. Wissensdurst – ja Abenteuerdurst – zeichnet sich jetzt auf ihren Gesichtern ab.

»Nur die Ruhe! Es gibt für alles eine Erklärung«, versucht Rainer das Geschehen zu deuten. »Wir wollten ja erst nur ein materielles Tor sehen, also sahen wir eines. Dann haben wir auf parapsychischer Ebene eine Stimme vernommen und eine Erscheinung gesehen. Deshalb bilden wir uns jetzt ein, diese Pforte führe eben nicht nur ins Innere dieses Bauwerks. Vielleicht hat unser gemeinsamer Wille eine Art Halluzination erzeugt. Ein Psi-Phänomen. So etwas klänge logisch.«

»Du meinst, wir haben uns selbst durch unsere Fantasien eine Art Pseudo-Realität geschaffen? Sag doch gleich, dass die leere Flasche Schnaps ihre Finger im Spiel hat!«, mokiert sich Freya, bevor Hartmuth mit maßlos erstaunter Stimme flüstert: »Ich kann durch das Holz hindurchgreifen. Es wird immer durchlässiger.«

Ungläubig starren die anderen zunächst auf seine Arme. Tatsächlich sind diese bis zu den Ellenbogen im Holz verschwunden. Dann versuchen sie es selbst. Es gelingt ohne Probleme. Sie greifen wie durch ein zähes Gelee, wobei das Holz an den entsprechenden Stellen noch stärker zu flirren beginnt. Plötzlich ziehen alle die Arme wieder zurück und blicken sich in ungläubiger Verblüffung an.

»Ich fasse es nicht!«, entfährt es Anna und Rainer gleichzeitig.

»Gespenstisch!«, stößt Freya aus, während Hartmuth es als: »Faszinierend!«, betitelt, worauf wieder eine Zeit lang Schweigen herrscht, als ob die Freunde krampfhaft überlegen würden, was nun zu tun sei.

»Gehen wir hindurch!«, durchbricht Hartmuth dann das Schweigen mit einer Stimme, die keinerlei Widerrede zulässt. »Kommt!«

Alle nicken zustimmend, bevor sie, ohne weiter darüber nachzudenken oder zu diskutieren, ihre Körper in das ehemals harte und feste Holz der Eingangstüre drücken und – von geheimnisvollem Flirren begleitet – darin verschwinden.

Portal nach Åsgård

Die Sternenfülle des Kosmos umgibt sie.

Unendlichkeit.

Das Gefühl, in alle Richtungen zerrissen zu werden.

Stumme Aufschreie. Schwindel! Kein oben mehr, kein unten.

Unendlichkeit?

Nur eine Sekunde dauern diese Empfindungen. Eine ewig scheinende Sekunde.

Dann Fallen! Ein sanftes Gleiten. Wie durch einen Schleier. Dann lüftet er sich.

Ankunft!

***

»Heimdall ist der siebente, der weiße Åse genannt.
Er ist gar groß und heilig; von ihm ist dies bekannt.
Wie wunderbar geboren er ward in Urzeit schon:
Neun Müttern war er Mage, neun Schwestern war er Sohn.
Ihn trugen neun der Schwestern, entstammt aus Riesenland,
den friedeberühmten Åsen, dort an der Erde Rand:
Gelf, Greif, Eistla, Urgeba, Wolfrun, Angeia, Sind, Atla und Eisensaxa gebaren das Kind.«

Hyndluliòð

***

Als sie wieder zu sich kommen, liegen die vier Freunde auf einer Bergwiese. In maßloser Verwunderung sehen sie sich um und stellen fest, dass sie sich auf dem Gipfel-Plateau eines mächtigen Gebirgsmassivs befinden, dessen umgebende Spitzen schneebedeckt glitzern. Nur auf ihrem Gipfel wächst saftiges Gras.

Ein eisiger Wind bläst ihnen um die Ohren, sodass alle sofort die Kleidungsstücke schließen. Dann erst stehen sie auf und betrachten die Umgebung genauer.

Wie es aussieht, sind sie auf einem fast kreisrunden Plateau von etwa hundert Metern Durchmesser gestrandet, das nach allen Seiten steil abzufallen scheint.

Als sich Rainer mit weichen Knien dem Rand nähern will, wird ihm sofort schwindlig, denn der Felsabbruch ist nahezu senkrecht. Unmöglich, aus diesem Gefängnis je zu entkommen.

»Wo sind wir?«, fragt Freya ängstlich in Hartmuths Richtung gewandt, der ebenso aufgelöst und verloren dasteht und seiner Freundin keinerlei Sicherheit zu spenden vermag. Seine Antwort besteht daher nur aus Schulterzucken.

»Lasst uns logisch vorgehen!«, ergreift Rainer das Wort. »Wir sind wohl tatsächlich durch das flirrende Portal gegangen. Sind aber nicht im Inneren der Walhalla gelandet, sondern ganz wo anders. Somit sind wir, meiner Meinung nach, in einer Para-Realität. Wir sind ja sichtlich nicht mehr auf der Erde, sondern … na ja … irgendwo anders eben.«

»Aber wo denn?« Anna wirkt so verängstigt wie Freya. Tränen laufen ihr über die Wangen, während sie sich an Rainer drückt und vor sich hin schluchzt.

Keiner vermag eine Antwort zu geben.

Da dringen plötzlich Fetzen eines wortgewaltigen Streits, der von einem hinter einigen Wolken verborgenen Teil des Plateaus zu kommen scheint, zu ihnen hindurch.

Just in diesem Moment lichten diese sich und geben den Freunden den Blick auf zwei hochgewachsene Gestalten frei. Einer davon ist der leuchtende Hüne, der ihnen vor der Regensburger Walhalla erschienen ist. Hinter den beiden beginnt eine gigantische Brücke in der Form und den Farben eines Regenbogens, die sich in alle Unendlichkeit zu erstrecken scheint, weil sich ihr Ende irgendwo zwischen Wolken und weit entfernten Berggipfeln verliert.

Hartmuth starrt hin. Er reibt sich die Augen und starrt noch einmal hin, bevor er ungläubig murmelt: »Ich träume wohl! Seht ihr das auch? Diese riesigen Gestalten! Diese Brücke!«

»Lasst uns hingehen! Vielleicht erfahren wir so, wo wir sind!«, schlägt Rainer schulterzuckend vor. »Immerhin hat der eine uns eingeladen, ihm zu folgen.« Alle setzen sich daraufhin wortlos, aber irgendwie neben sich stehend, in Bewegung.

Je näher die vier den Gestalten kommen, desto deutlicher vernehmen sie, worum der Streit geht.

Der zweite Hüne trägt eine leuchtende Rüstung. Er hat ganz helle Haut und schneeweiße Haare. Er lacht über das ganze Gesicht, wobei sich golden schimmernde Zähne offenbaren, als er ruft: »Loki, du Schurke, treibst schon wieder ein übles Ränkespiel! Ich werde den Haufen Trottel garantiert nicht einlassen! Nicht, bis zum Ende aller Zeiten! Nicht, bis ich zu Ragnarök blase! Vergiss es!« Dabei legt der Sprecher die linke Hand demonstrativ auf ein riesiges Horn, das an seiner Seite hängt. Die rechte Hand ruht auf einem gewaltigen Schwert, das vor ihm in der Wiese steckt.

Langsam – wie auf der Hut – nähern sich die Freunde.

»Reden die von uns?«, fragt Anna leise.

»Wo sollen wir eingelassen werden?«, fragt auch Rainer flüsternd.

»Ich glaube, ich weiß, was hier läuft«, raunt Hartmuth daraufhin, der sich gerade an die einst gelesenen nordischen Mythen erinnert. »Das hier ist Bifröst, die Regenbogenbrücke, die vom materiellen Sein – Midgård genannt, also Mittelerde – zum Wohnsitz der Götter nach Åsgård führt. Dann muss der Hüne mit dem Horn Heimdall sein. Er lässt nur die absolut Würdigen ein. Wenn ich uns aber so ansehe …! Wir saufen uns einen an, dann schlottern wir uns fast einen ab aus Angst vor geheimnisvollen Stimmen, schlottern nochmals vor Kälte hier auf dem Berggipfel, und – na ja – wenn ich der Wächter des Zugangs zur Götterwelt wäre, würde ich uns auch nicht einlassen.«

»Was sollen wir aber dann hier?«, fragt Freya verwirrt in fast schon naivem Tonfall.

Das Streitgespräch der Götter ist zwischenzeitlich verstummt.

Jetzt erst bemerken die Freunde, dass sie von den edlen Gestalten genau gemustert werden.

»Kommt her und offenbart euch!«, ruft plötzlich die Gestalt, die ihnen vor der Walhalla erschienen und die von Heimdall als Loki bezeichnet worden war, in befehlendem Tonfall zu ihnen herüber.

Völlig konfus sehen sich die vier um, als ob sie prüfen wollten, dass nicht andere gemeint sind.

Dann flüstert Hartmuth: »Ich glaube, er hat ihn Loki genannt. Das ist ein Halbriese. Ein Gauner, wie manche sagen. Aber er soll total schlau sein«, bevor Freya leise ermahnt: »Sei still, die hören uns doch!«

»Ja, wir hören euch, ihr Angsthasen. Und jetzt kommt endlich her, sonst mache ich meinem Ruf als Halunke alle Ehre und hole meinen Sohn Fenrir, wenn ihr wisst, wer das ist!« Spielerisch zieht Loki sein strahlendes Schwert und rammt es mit einem Blick auf Heimdall in die Erde.

Die Freunde wissen nicht mehr, ob sie vor Angst oder vor Kälte zittern, als sie sich langsam diesen gewaltigen Gestalten nähern.

»Fenrir ist der Unterwelt-Wolf. Der wird einst sogar Odin beziehungsweise Wodan auffressen, wenn sich während Ragnarök alles gegenseitig vernichtet, um dann mit höherer Weisheit und größerer Kraft von Neuem zu entstehen«, erklärt Hartmuth leise. »Loki hat ihn gezeugt, sagt man. Er ist aber auch Vater von Hel, der Göttin des Totenreichs – wohl die Frau Holle unseres Märchens –, und sogar von einer gigantischen Schlange, die sich einst mit Thor anlegen soll oder muss. Wie auch immer. So steht es jedenfalls in den Sagen.«

In diesem Moment fängt Loki an, schallend zu lachen. An Heimdall gewandt sagt er: »Na also, Götterwächter mit deinem schmutzigen Rücken! Angsthasen mögen sie sein, aber die biege ich mir schon zurecht. Sie sind keine Trottel. Sie kennen unsere Welt. Der hier zumindest!« Er zeigt dabei auf Hartmuth.

Heimdall wirkt völlig unbeeindruckt. Massiv baut er sich vor dem Zugang zur Brücke auf und wettert: »Gefallene sind sie! Bar jeden Mutes! Ihres Physischen fast schon beraubt! Voller Schwäche schlottert ihr weiches Fleisch! Keine Ehre! Keine Tapferkeit! Ein klein wenig aufrechten Mutes vielleicht, aber ohne jeden Willen zum Kampf. Schwächlich und zaudernd. Keine wahren Männer, die zwei! Keine wahren Weiber, die anderen beiden. Nimmer können sie eingelassen werden, du kranker Narr. Wodan mag dich schätzen wegen deiner Ränke und Listen, Riesen-Spross, aber ich verachte dich. Und einst, am Ende der Zeiten, werde ich dich töten, umso mehr nun für all den Frevel, mit dem du dich stets umgibst, und den du jetzt sogar in die Heiligen Hallen zu bringen gedenkst. Was sollen sie jenseits von Bifröst? Schon der hohe Sturm der Prüfungen wird sie bestimmt von der Brücke wehen. Selbst wenn sie Åsgård erreichen sollten, Thor wird ein Mal husten und diese Würmer werden zurückgeschleudert in die Welt der Verruchtheit, der sie entstammen. Das ist nicht mehr das Midgård, das wir einst schufen. Das ist das Übel, die *mørketid*. Und nichts aus dieser ruchlosen Welt lasse ich passieren!«

Während die Freunde stumm dem Monolog des weisen Wächters folgen und dabei einige Schritte zurückweichen, scheint Loki in seiner Größe und Gestalt zu wachsen. Er greift nach seinem Schwert, zieht es aus der Erde und schwingt es drohend, während er schreit: »Schweig, Heimdall! Dir wurde in Urtagen wahrlich ein übles Schicksal bestimmt, weil du immer nur das Schlimme erkennen kannst. Ich werde dich einst töten. Das weißt du. Fordere meinen Zorn also nicht vorzeitig heraus. Ragnarök ist nicht mehr fern. Und diese vier hier werden dabei eine Rolle spielen. Keine meiner Listen ist es, sondern dem Urd-Brunnen als not-wendende Wahrheit entflossen und von Wodan höchstpersönlich erkannt. Die weißen Schwäne an den Wurzeln Yggdrasils kennen die Namen dieser Menschen. Und du, Heimdall, willst sie nicht passieren lassen?« Kurz wartet Loki ab, wie seine Worte auf Heimdall wirken, dann holt er tief Luft und befiehlt: »Lasse sie ein!«

Bevor Heimdall etwas entgegnen kann, vernehmen sie ein gruseliges Brüllen, das über den Rand des Gipfel-Plateaus zu ihnen dringt. Drei Eis-Riesen erscheinen daraufhin am hinteren Rand der Ebene. Sie hinterlassen eine Spur aus glitzernden Eiskristallen, die von ihren Körpern beständig herabfallen. Drei Feuer-Riesen – von lodernden Flammen umgeben – folgen diesen. Ihre gewaltigen Keulen schwingend, rennen sie auf die Regenbogenbrücke zu, als ob sie gewaltsam in den Wohnsitz der Götter eindringen wollten.

»Rennt! Rennt um euer Leben!«, schreit Loki den Freunden entgegen und deutet dabei in Richtung Brücke. »Seht euch nicht um. Die Augen immer geradeaus. Nicht in den Abgrund blicken!« Dann hebt er sein strahlendes Schwert, stellt sich neben den grimmig die güldenen Zähne zeigenden Heimdall und brüllt an die heranstürmenden Riesen gewandt: »Zur rechten Zeit den Rand erklommen, vier Menschen auf den Weg gebracht, doch wird das Leben euch genommen, Bifröst ist niemals unbewacht.«

Sofort schlagen Loki und Heimdall – in heroischem Kampf vereint – mit ihren Schwertern auf die Riesen ein, deren Keulen den strahlenden Götterwaffen nicht widerstehen können. Eis spritzt! Feuer lodert! Die ganze Bergspitze wackelt und zittert. Kaum ist ein Riese erschlagen, löst er sich auf. Nur eine dunkelgraue Rauchwolke verbleibt, die von den Windböen von der Gipfelebene gefegt wird.

Stets jedoch werden nach jedem vernichteten Riesen zwei weitere Angreifer in der Ferne sichtbar, die auf Loki und

Heimdall zustürmen und in den Kampf eingreifen, sodass die Zahl der Angreifer ständig wächst.

Als Heimdall verärgert sein mysteriöses Gebiss entblößt, entweicht seinen güldenen, mit Magie aufgeladenen Zähnen ein helles Leuchten. Diese freigesetzte Götterkraft bewirkt offensichtlich, dass keine neuen Riesen mehr nachkommen, da durch sie die Vitalkräfte der zuvor vernichteten Angreifer in viel weitere Ferne katapultiert werden, als durch den bloßen Windhauch der Berge. Die Riesen vermögen sich daher am Kampfplatz nicht mehr mit neuen Körpern zu versehen.

Schnell wird sodann ein verbleibender Riese nach dem anderen erschlagen und sein Rauch mithilfe des Leuchtens verweht.

Als der Kampf vorüber ist, stoßen beide einen durchdringenden Sieges-Schrei aus. Dann beginnt Loki schallend zu lachen, steckt sein Schwert wieder weg und wendet sich an Heimdall. »Na also, Wächter, der du die Welt bestrahlst, warum nicht gleich so. Am Rande der Welt geboren, den Übergang zwischen den Welten bewachend, Weisheit sein Eigen nennend. So sei, bleibe und werde einst mein Gegenpart, wenn die Götter in røkkr stürzen werden und die Nacht für uns alle anbrechen wird. Jörmungandaal wartet schon auf den ihr Versprochenen, den hohen Hammerträger. Und ich warte auf dich!«

»Wie auch ich auf dich warten werde, Schurke! Betrogen hast du mich. Gar lächerlich gemacht mein heiliges Wächteramt. War der Angriff der Riesen gar dein Wirken, um mich abzulenken?« Knurrend sieht Heimdall den vier Menschen nach, die sich schon fast außer Sichtweite auf der Brücke befinden, bevor er sich wieder an Loki wendet. »Zutrauen würde ich es dir, Verruchter.« Dann positioniert er sich stumm wieder vor dem Aufgang zur Brücke, rammt die Schwertspitze in die Erde, behält den Griff aber wachsam in der Hand. Anstalten, die vier Menschen zurückzuholen, macht er nicht.

Loki lacht nochmals kurz schallend auf und schmunzelt: »Bleib immer schön wachsam, weiser Wächter! Schlafe nicht viel, stehe früh auf! Morgenstund hat Gold im Mund. Sieht man ja an deinen Zähnen. Ha, ha, ha«, bevor er an Heimdall vorbeitritt und den vier jungen Menschen hinterherwandert.

***

Der Wind auf der Regenbogenbrücke lässt die Freunde fast erstarren, so eisig umweht er ihre sowieso schon zitternden Körper. Die eben erblickten Szenen der Kämpfe und der sich auf mysteriöse Weise auflösenden Riesen wirken aber wie ein innerer Ansporn, die geheimnisvolle Brücke rasch zu überwinden, um sich schleunigst aus der Gefahrenzone zu entfernen. So laufen sie zügig vorwärts. Nur ab und zu werden sie von heftigen Windböen oder ihren eigenen konfusen Gedanken behindert, weil keiner recht zu begreifen vermag, was ihnen hier gerade widerfährt.

Hartmuth, der als Erstes die Brücke betreten hat und auch weiterhin vorangeht, scheint schon nach fünfzehn Minuten am Ende seiner Kräfte zu sein. Wirre Gedanken geistern ihm zudem durch den Kopf: *Was war das eben? Angreifende Giganten, die sich in Rauch auflösen, wenn sie von einem Schwert durchbohrt werden? Das ist doch irreal! Und jetzt dieser schmale Steg sowie die ständige Angst, danebenzutreten und zu fallen. Wohin zu fallen? In die Unterwelt? Auf spitze Berggipfel? Ist das hier nun Realität oder nur eine Vision? Diese Eiseskälte raubt mir echt meine Kraft. Ich kann nicht mehr! Lieber kehre ich um und lasse mich von den Riesen auffressen, als dass ich auf diesem Steg noch eine Sekunde lang durchhalte. Und wenn es mir schon so geht, wie mag es erst Freya ergehen?*

Er wendet sich zu ihr um. Ebenso schlotternd, aber doch tapfer, kämpft sie sich weiter.

Liebevoll langt er nach ihrer Hand und drückt sie.

Da erfasst ihn eine heftige Windbö. Er verliert das Gleichgewicht, gleitet aus Freyas Hand und rutscht von der Brücke. Mit einem verzweifelten Aufschrei fällt er in die Tiefe.

»Hardy!«, schreit Freya erschrocken. Doch schon nach wenigen Augenblicken ist er nicht mehr zu sehen. Nur Nebel dort unten.

Bange Sekunden vergehen. Keiner ist in der Lage, etwas zu sagen oder zu tun. Geschockt stehen die Freunde auf der Brücke und starren in die Tiefe.

Da schießt plötzlich ein immer länger werdender Arm von irgendwo hinter ihnen in die düstere Tiefe, zieht den Gestürzten herauf und stellt ihn wieder an die Spitze der kleinen Gruppe.

Der rettende – nun wieder geschrumpfte – Arm entpuppt sich sodann als Lokis Gliedmaße, der mittlerweile herangetreten ist.

»Sich einfach davonmachen wollen! Das läuft hier nicht, mein Bester! Solltest du doch aus den Sagen wissen. Hel mag es nicht, wenn ein Feigling ihr Reich betritt«, tadelt der Hüne mit unter dem Helm hervorwehenden, rotblonden Haaren den konfus und verwirrt dreinblickenden Hartmuth. »Aber keine Sorge, ich weiß, dass du an dem Ausrutscher keine Schuld trägst und auch nicht feige bist. Wisch dir dennoch die Lippen ab. Sonst vergisst du noch alles, was dort unten geschehen ist.«

Keiner der anderen versteht, was die Gottheit damit sagen will. Auch der Gerettete scheint kurz zu grübeln, bevor er doch den Rat annimmt und sich über die Lippen wischt, die tatsächlich – wovon auch immer – nass sind.

Dann nimmt Loki seinen Helm ab, kniet sich in einer allzu menschlichen Geste vor die Gruppe und erklärt: »Ihr alle werdet eine hohe Aufgabe erhalten. Auch wenn ihr es euch noch nicht vorstellen könnt.« Er macht eine verächtlich wirkende Geste entlang der Brücke und fügt hinzu: »Es wird nicht leicht werden, die dort oben von euch zu überzeugen. Habt aber Vertrauen! Zeigt Aufrichtigkeit und Mut! Ihr ahnt nämlich nicht, welche Fähigkeiten in euch stecken. Habt ihr alle nicht stets davon geträumt, etwas Bedeutungsvolles in eurer Welt bewirken zu können?« Er deutet auf Hardy und fährt fort: »Warst nicht gerade du, der du dich hier herunterwehen hast lassen wie ein welkes Blatt vom Baume, stets von Aufrichtigkeit, Mut und Tapferkeit angetan? Nun, ich weiß ja, was dort unten passiert ist. Deine Prüfung hast du schon bestanden!« Dann deutet er auf Rainer und sagt: »Und du? Wolltest du nicht stets die Tiefen eures menschlichen Bewusstseins erkunden, von dem ihr Sterblichen derart wenig wisst, besonders in diesen Tagen der nahen Ragnarök?« Und zu allen gewandt ruft er: »Also los jetzt. Weiter! Wir gehen nach Åsgård. Dort werdet ihr die wahre Walhalla betreten, nicht nur das steinerne Gebäude in eurer Welt!«

Diese Szene ist wahrlich bizarr. Auf der gewaltigen Regenbogenbrücke werden die vier Freunde, fasziniert und von kaltem Wind umtost, von einer nordischen Gottheit – dem Mythos entsprungen – dazu angestachelt, nach Åsgård zu gehen, obwohl sie wie ein schlotternder Haufen Elend vor dem Hünen stehen und zu keinen Erwiderungen fähig sind.

Was hätten sie auch sagen können. Was hätten sie auch tun können, als einfach weiterzugehen.

Als mit einem Mal der Wind nachlässt und statt des eisigen Sturms ein laues Frühlingslüftchen zu wehen beginnt, steht Loki auf und setzt sich den Helm wieder auf den Kopf. »Ah!«, bemerkt er. »Ihr scheint euch innerlich bereits Åsgård genähert zu haben. Habt euer Schicksal wohl akzeptiert! Seht nach vorne! Eure Bereitschaft hat die unsterblichen Lande gerade für euch sichtbar werden lassen.«

Tatsächlich entsteht plötzlich der Eindruck, dass das ferne Ende von Bifröst nicht mehr in der unendlichen Weite der eisigen Berggipfel verschwindet, sondern in einer bezaubernden und farbenfrohen Landschaft von atemberaubender Schönheit ausläuft.

Die Gesichtsausdrücke der Jugendlichen wechseln von ungläubigem Staunen zu faszinierender Begeisterung.

»Also los!«, ruft Hartmuth plötzlich aus vollem Herzen begeistert aus. »Wenn wir als Sterbliche hier wirklich in die Halle der Götter eingelassen werden sollen, dann lasst uns nicht mehr zögern!« Motiviert setzt er sich wieder in Bewegung. Die anderen laufen stumm hinterher. Das Zittern hat endlich ihre Körper verlassen. Keine Kälte mehr! Diese unglaubliche Landschaft als Ziel vermag wahrlich neue Hoffnung zu geben, auch wenn kaum einer von ihnen die Situation bisher wirklich begriffen hat.

Freya dreht sich zu Loki um, der das Schlusslicht der Wandernden bildet, und fragt mit skeptischer Miene: »Ich dachte, es werden nur die Toten nach Walhalla gelassen. Sind wir denn im irdischen Leben gestorben?«

Loki lacht so schallend auf, dass Bifröst zu wackeln beginnt. Entsetzt versuchen die Freunde, sicheren Stand zu bewahren. Dann donnert er los: »Junges Menschenweib! Glaubst du wahrlich, dass ihr Jugendlichen genug Würde besitzt, um auf diesem Wege hier eingelassen zu werden? Ihr habt doch den weisen Wächter vernommen. Nur der, der sein Leben in königlicher Wahrheit gelebt hat, dessen Seele sich aufopfernd für das Wirken des All-Einen, des Höchsten in der Materie, eingesetzt hat, der darf hier eintreten, wenn er die irdischen Verhaftungen abgelegt hat. Das trifft auf euch nicht zu. Deshalb habt ihr eine Sondergenehmigung. Wir haben mit euch etwas vor. *Ich* habe mit euch etwas vor«, betont er. »Nicht alle Åsen begrüßen meine verrückten Ideen. Doch wir haben besondere Zeiten. Auf der Erde geht es drunter und drüber. Manche von uns sind daher der Meinung, man sollte euch Sterbliche eurem Schicksal überlassen oder gleich Ragnarök einleiten, um alles – oben wie unten – auszulöschen. Dann mag alles von vorne beginnen, gespickt mit den Erfahrungen der vergangenen Ära. So denken viele. Aber ich nicht. Ich bin des Wirkens noch nicht müde. Und ich weiß, dass in euch Menschen mehr steckt, als ihr momentan zu erkennen vermögt. Als Tölpel bezeichnen mich die reinen Götter, von denen ich keiner bin. Oft haben sie mich verbannt, weil ich es wagte, ihnen knallhart die Meinung zu sagen. Dann erkannten sie aber die Listigkeit in meinen Handlungen. Und sie fragten mich um Rat. Ich bin Erfinder und Gefangener meiner Erfindungen. Ich bin Lachs wie Adler. Der Wandler der Gestalten. Und einst werde ich den Mistelzweig werfen, auf dass die überstolze Götterwelt erschüttert wird und untergeht. Was taten sie mir alles an, weil sie meine Schlauheit beneideten. Auf spitze Felsen fesselten sie mich. Mit giftigem Schlangenspeichel wollten sie mich quälen, was meine Gemahlin zum Glück verhinderte. Ein Mal traf mich ein Tropfen dieses Giftes und die Erde bäumte sich auf, so sehr brüllte ich unter der Qual. Aber ich schweife ab. Mein seltsames Schicksal soll euch nicht bedrücken. Wisst nur, dass selbst Wodan meinen Rat und meine Taten schätzt, wenn die Lage nicht zu bewältigen zu sein scheint. Bisher fand ich stets die Lösungen. So auch diesmal. Ihr werdet es sehen! Und nun, Sterbliche, hurtig voran! Ihr seid nicht gestorben. Ihr werdet vorbereitet. Vorbereitet auf etwas Großes, das die Erde verändern wird. Ihr seid der Schlüssel dazu. Dieser eingebildete Heimdall soll sein Horn noch nicht blasen. Obwohl ich ihn lieber heute als morgen vernichten würde. Dies ist vorbestimmt seit dem Anfang aller Zeiten.«

Nach dieser beeindruckenden Rede stehen die Freunde vor Loki wie Kinder vor einem Weihnachtsbaum. Von Faszination gebeutelt. Von ungläubigem Staunen durchflutet.

»Kann es das geben?«, fragt Rainer fassungslos.

Auch Anna wagt eine Frage. »Sag uns, war es auch vorherbestimmt, dass gerade wir hierherkommen, um auf etwas vorbereitet zu werden?«

Loki wirkt plötzlich sehr ernst. »Wir Götter haben weniger Möglichkeiten, unser Schicksal selbst zu bestimmen, als ihr Menschen. Wir sind eingebettet in das Rad der Zeit, in den festen Kreislauf des Schicksals, dessen Teil wir sind. Ihr Menschen dagegen habt die Freiheit und den Willen des Königlich-Seelischen als hehre Gabe des Einen erhalten. Das habt ihr nie verstanden. Ihr habt eure Sterblichkeit stets verflucht. Dabei ist sie der Schlüssel zu unendlicher Würde und zu unendlichem Wachstum. Nein, es war nicht vorherbestimmt, Anna, die du schon einen Namen der Würde trägst. Es war meine Idee!«, antwortet Loki mit ungewöhnlich leiser Stimme. »Und es liegt an euch, ob diese Idee Früchte tragen wird oder ob alles Sein schon bald in Dunkelheit stürzt und mein Erzfeind Heimdall sein Horn blasen kann«, fügt er hinzu, bevor er auf die Brücke stampft und befiehlt: »Und jetzt los! Vorwärts!«

Alle laufen sogleich weiter die Regenbogenbrücke entlang. Sichtlich aber hat Zuversicht die Freunde durchflutet, denn sie beginnen, das Bevorstehende als spannendes Abenteuer zu begreifen, was auch immer sich daraus ergeben würde.

Freya, die hinter Hartmuth am Anfang der Gruppe läuft, greift plötzlich nach seiner Hand und fragt: »Was ist vorhin passiert, als du in den Abgrund gestürzt bist? Du warst verschwunden, nicht mehr sichtbar. Dann schoss Lokis Arm in die Tiefe und holte dich wieder zu uns. Er sagte vorhin, dass du deine Prüfung schon bestanden hättest. Also erzähl!«

Mit nachdenklichem, ja fast schon entrücktem Blick sieht Hartmuth Freya an. Dann wendet er sich wieder nach vorne, um sich auf den schmalen Steg zu konzentrieren. Offenbar will er nicht ein zweites Mal in den Abgrund stürzen. Erst nach einigen Sekunden antwortet er mit stockender Stimme: »Ich war dort unten lange. Sehr, sehr lange, Freya. Es kam mir wie ein halbes Leben vor, aber trotzdem zeitlos, ohne jeden Zeitfluss. Alleine der Sturz dauerte eine gefühlte Unendlichkeit, obwohl er eigentlich nur wenige Sekunden gedauert haben kann. Beides ist richtig. Beides stimmt, so verrückt sich das anhört. Wenn wir hier aber wirklich im germanischen Götterhimmel sind, dann ist das kein Mythos mehr, sondern Wirklichkeit. Etwas, das Wirkung zeigt. Ich fiel wirklich eine Ewigkeit, ohne oben und unten zu erkennen. Ich fiel ins Nichts. Und mein gesamtes Leben lief vor mir ab. Die früheren Sehnsüchte. Meine Unfähigkeit zu einem erfüllten Leben. Wie ich mir den Speck angefressen habe. Lauter solche Dinge. Aber alles wurde mir im Lichte einer höheren Einsicht präsentiert. Anders ausgedrückt: All meine Verlogenheit wurde mir in Bruchteilen von Sekunden entrissen. Heftig war das. Brutal. Doch dann …« Hartmuth atmet tief durch, während ihm plötzlich Tränen über die Wangen laufen.

»Dann?«, drängt seine Freundin neugierig weiter.

»Tja, dann …! Bitte lache nicht, denn ich landete in einem Haufen Gänsefedern. Neben mir schnatterte das Federvieh erschrocken auf. Vor mir sah ich ein weißes Häuschen. Aus einem der Fenster lehnte sich eine Dame heraus und schüttelte ihr Kopfkissen aus. Es war absolut irre. Wie im Märchen von der Frau Holle.«

»Das kann doch nicht wahr sein!« Freya wirkt skeptisch, während Hartmuth die Schultern hebt und sagt: »Es wird noch viel verrückter.«

***

Morgendämmerung in Bayern

Auf den Stufen der Regensburger Walhalla liegen vier schlaffe Körper. Der Putzdienst, der vor Beginn des Touristen-Stroms die Treppen vom Müll zu befreien hat, findet die Freunde zwischen den Überresten ihres Alkohol-Exzesses. Die rasch herbeigerufenen Sanitäter stellen massive Alkoholvergiftung fest.

»Schon wieder Koma-Säufer. Es ist nicht zu fassen!«, schnaubt der ältere der Sanitäter.

Dann werden die Bewusstlosen in zwei Wagen verfrachtet und zur Entgiftung in die Regensburger Uni-Klinik gebracht.

Als keiner aufwachen will und auch eine Atropin-Spritze nichts bewirkt, stehen die behandelnden Ärzte vor einem Rätsel.

»Vielleicht haben sie zusätzlich Drogen genommen«, vermutet der Oberarzt. »Wir können erstmal nichts anderes tun, als sie zu beobachten und künstlich zu ernähren.«

»Sehen Sie das?«, schaltet sich eine Schwester plötzlich ein. »Der Dicke hier rollt kräftig mit den Augen.«

»Das habe ich vorhin schon bemerkt«, bestätigt der Arzt. »Alle vier scheinen gerade in einem heftigen, erfahrungsreichen Traum zu stecken. Aber der Dickere, ja, der scheint sogar innere Kämpfe zu bestehen. Ich bin gespannt, was sie zu erzählen haben, wenn sie wieder zu sich kommen.«

***

Hardy berichtet:

»Na Jungchen, wohlbehalten angekommen? Ein wenig früh, wie ich meine«, begrüßte mich die Dame am Fenster.

»Ähm, ja, Verzeihung, aber wo bin ich hier? Ich bin doch gerade gestürzt.«

»Ach, wie süß«, belustigte sie sich. »Er hat seine Lage noch gar nicht erkannt. Ja, das gibt es. Du bist in Hel. Auf der Sohle des endlosen Abgrundes. Willkommen in meinem Reich. Doch sage mir, was hast du hier zu suchen? Du hast in Midgård eigentlich noch viel zu tun. Oder bist du einer der Feiglinge, die sogar vom Leben zu viel Angst haben? Ach nein, oh, ich spüre, dass du meinen Vater kennengelernt hast. Warte, ich komme heraus! Dann erkläre ich dir, was du zu tun hast.«

Ich konnte gerade noch aus den Gänsefedern kriechen, da kam die Dame schon aus der Tür. Zeitgleich erschienen links und rechts des Hauses zwei monströse Gestalten. Bedrohlich bauten sie sich neben der Dame auf. Es war ein gewaltiger Wolf, garstig anzusehen und mit machtvoll funkelnden Augen. Und eine riesige, schwarze Schlange, die beständig in meine Richtung züngelte und den Tod verkörperte.

Starr und stumm vor Schreck und zu keinem weiteren Laut fähig, musste ich erkennen, dass die Frau gar nicht wie eine nette Frau Holle aussah, sondern janusköpfig wirkte. Auf der einen Seite war sie harmonisch und schön mit zarter, heller Hautfarbe, umgeben von allerlei Pflanzen mit ausladenden Blättern – das werdende Leben ausdrückend. Auf der anderen Gesichts-Seite wirkte sie düster-rot, höllisch, nicht unbedingt hässlich aber stechend-dämonisch, das vergehende, physische

Leben und die Ausbeutung zur Schau stellend. Statt von Pflanzen wurde dieser Gesichtsteil von feurigen Lohen in Form eines roten Drachen-Mauls umgeben.

Hel verkörpert so die zwei Extreme des Jenseits, zwischen denen ein gestorbener Mensch irgendwo seine eigene nachtodliche Ebene findet, je nach Resonanz zu seinen Taten und Gedanken während seiner Zeit auf Erden.

»Erschrecken wir dich? Ich und meine Geschwister?«, fragte sie säuselnd, als sie sich näherte.

»Ah, Frau Hel, ich weiß, wer Ihr seid, und …«, brachte ich heraus, bis Fenrir, der riesige Wolf, mit fletschenden Zähnen einen Satz auf mich zu machte, um mich zum Schweigen zu bringen.

»Ja, ja!«, sagte das januskopfige Wesen, weit in die Ferne blickend. »Alle glauben immer, zu wissen. Dabei sind sie so unendlich weit von der Wahrheit entfernt. Bist du nicht gerade in den Abgrund gefallen? Hat sich dein Leben nicht in all seiner Entstellung offenbart? Und immer noch willst du durch dein zweifelhaftes Wissen prahlen? Oh, ihr armen Menschen! Ihr tragt das reine Sein in euch und verurteilt euch selbst zum Nichtsein. Ihr tragt das wahre Licht in euch und verhüllt es mit der Finsternis eurer Aufgeblasenheit. Ihr tragt die Freiheit und die königliche Würde eines göttlichen Kriegers in euch, erstrebt aber die Gebundenheit in Schein-Sicherheiten und führt das mutlose und gedemütigte Leben von Sklaven. Wach auf, du Mensch! Werde dir der immensen Gabe deiner Existenz endlich bewusst. Hartmuth ist dein erster Name. Den sollst du nun unter Beweis stellen. Dann werde ich dich vielleicht wieder zurückschicken. Wenn du versagst, wirst du für eine Seins-Epoche mein Sklave sein, Fenrir täglich mit deinem Blute nähren und mir meine Betten aufschütteln. Weichmuth werde ich dich dann nennen, mein Kleiner. Aber du heißt ja noch anders. Vergiss es nicht, wenn du nun zum Kampfe antrittst.«

So sprach das Wesen zu mir. Und während ich keinerlei klare Gedanken zu fassen vermochte, unschlüssig herumstand und nichts anderes als warten konnte, befahl Frau Holle ihren beiden Geschwistern: »Prüft ihn, doch bedenkt, dass er ein Sterblicher ist. Er vermag mehr, als er sich selbst zutraut!« Zu mir gerichtet gab sie an: »Zeige mir, dass du das Leben liebst und bereit bist, dich in Hingabe für das Welten-Schicksal einzusetzen. Siehe, hier ist die Midgård-Schlange. Sie verkörpert Weisheit, aber auch Vernichtung. Sie ist die Wächterin der menschlichen Schätze. Aller Schätze, auch der des Geistes. Feind des Lebens wird sie genannt. Leider hat sie seit einiger Zeit einen Dorn in ihrem Schwanz. Dieser Dorn ist inzwischen in ihren Körper gewandert und tut ihr weh. Du kannst diesen Dorn nur entfernen, wenn du meinem Bruder, dem Fenris-Wolf, einen seiner Fangzähne entfernst, um damit den Schwanz der Schlange aufzuritzen, damit der Dorn entfernt werden kann. Nur dieser Fangzahn ist scharf genug, die Schlangenhaut zu öffnen. Allerdings wird Fenrir kaum freiwillig einen Zahn hergeben. Du musst ihn dir im Kampfe holen. Und meine Schwester wird sich kaum freiwillig von dir in ihren Körper ritzen lassen. Deine Aufgabe sei also, die Midgård-Schlange von ihrem schmerzenden Splitter zu befreien, sodass sie wohlwollender wird und einst vielleicht der Menschheit ihre Schätze übergibt. So möge das Spiel nun beginnen, Jungchen! Verstehe also wohl, was deine wahre Aufgabe ist!« Dann zog sich die Frau mit den verschiedenen Gesichtshälften zu einem Stuhl zurück, der vor dem Haus stand, um von dort den bevorstehenden Kampf zu beobachten.

Ich wusste, dass ich eigentlich verloren war. Wie sollte ich Schwächling denn – zumal ohne jede Waffe – den gewaltigen Unterwelt-Wolf besiegen und die Welten-Schlange von ihrem Schmerz befreien? Unmöglich! So schloss ich schon fast mit meiner Existenz ab, als mir der eigenartige Tipp der Hel wieder in den Sinn kam. *Du heißt ja auch noch anders. Vergiss es nicht, wenn du nun zum Kampfe antrittst.*

Just in dem Moment, als ich mich an meinen zweiten Namen Baldur erinnerte, tauchte im Hintergrund des Geschehens eine strahlend leuchtende Gestalt auf. Und ich erinnerte mich an die verwirrende Sage mit dem Mistelzweig, den Loki Hödur, dem blinden Bruder Baldurs, überreichte und ihn aufforderte, damit zu schießen. Durch diese List wurde der Sohn des Wodan, Baldur – der Christos der germanischen Mythologie –, getötet. Seitdem wartet er in Hel auf Ragnarök, damit er wiederauferstehen könne, um der Welt eine neue Licht-Flut, eine Auferstehung im Lichte neuer Bewusstheit, zu bringen.

Baldur war also bereits im Reiche der Hel. Was konnte mir diese Information jedoch nützen?

Kaum hatte ich die Zusammenhänge durchdacht, schien mein Ende auch schon gekommen. Fenrir knurrte bedrohlich und machte einen Satz auf mich zu.

***

Fest drückt Freya die Hand ihres Freundes, als sie diese unglaubliche Geschichte vernommen hat. »Und dann? Hat dich der Wolf angegriffen? Hast du ihn gar wirklich besiegt?«

»Ich … ich kann und möchte jetzt nicht drüber sprechen. Ich … ich war wirklich lange dort unten. Die Erinnerung … sie ist zum Teil verblasst, denn ich habe womöglich einen Fehler gemacht. Egal, später vielleicht kommt sie zurück, Freya«, antwortet Hartmuth betreten, während Loki im Hintergrund eine seiner Lachsalven loslässt.

»Ha, ha, ha! Natürlich hat er ihn besiegt, sonst wäre er nicht wieder hier. Oder glaubst du, Hel hätte einfach erlaubt, dass ich deinen Freund wieder nach oben hole? Sie ist die Herrin dort unten. Sie kann eine Rückkehr zulassen oder verweigern. Dabei spielt es keine Rolle, ob es ein wahrer Sieg im Kampf war oder die Folge eines Tricks, was Hartmuth? Hast du die wahre Aufgabe der Hel verstanden?«

Stolz blickt Freya dennoch ihren Hardy an. Ihr Freund soll – auf welche Art auch immer – den berüchtigten Unterwelt-Wolf besiegt haben?

Schweigend gehen sie weiter voran. Die Brücke wird nun immer breiter. Die Gestade von Åsgård nähern sich. Schon jetzt ist in der Ferne eine ungeheure Blumenpracht zu erkennen. Am Ende empfängt sie ein riesiger Torbogen aus purem Bernstein, in den diverse Runen eingebrannt sind. Er markiert den Eingang zu den unsterblichen Landen.

Beim Näherkommen entpuppen sich die Runen-Zeichen als Reihen von lupenreinen Saphiren, die einen überwältigenden Kontrast zur golden strahlenden Farbe des Bernsteins bilden.

Es ist ausgerechnet die zarte Freya, die ein lautes: »Oh!«, von sich gibt, als sie durch den Torbogen schreitet. Ihr Gesicht strahlt, während sie kurz innehält. »Das fühlt sich an, als ob wir geistig durchleuchtet werden würden«, murmelt sie fasziniert. »Und diese Macht! So in etwa müssen sich die Bewohner von Atlantis auf dem Höhepunkt ihres Wirkens gefühlt haben.«

Niemand hört Loki, der in seinen Bart brummt: »Sieh einer an, die Spindeldürre kann die engen Wahrnehmungs-Grenzen der materiellen Welt langsam verlassen!«

Fenris-Wolf und Midgård-Schlange

An einer geschmückten Festtafel aus reich verziertem Eichenholz hocken hehre Gestalten, deren gewaltige Ausstrahlung einen auf Alltag getrimmten Menschen psychisch zermalmen würde. Auf erhöhtem Thron an einem Ende der ovalen, an einer Seite offenen Tafel sitzt eine majestätische Gestalt. Sie trägt eine silberne Rüstung unter einem königsblauen, golddurchwirkten Gewand, über welchem ein karminroter Umhang liegt, der in ständig fließender Bewegung zu sein scheint. Am Thron lehnt ein gleißend heller Speer. Auf dem Tisch liegt eine schimmernde Doppelaxt. Wie ein Saphir leuchtet das linke Auge aus einem würdevollen, alten Gesicht, dessen humorvolle Falten nach unten in einen silbrig-blauen Bart übergehen. Das rechte Auge fehlt. Auf dem Kopf trägt er einen goldbeschlagenen Königshelm, dessen nach hinten fallende Federn im selben Silberblau schimmern, wie der königliche Bart und das Haupthaar.

Während sich die anderen Gestalten an der Tafel unterhalten und sich an den Schlemmereien erfreuen, tritt eine edle, feingliedrige Frauengestalt an den Thron. Sie trägt ein weißes, seidenes Gewand mit einem goldenen Gürtel. Ihre Augen und Haare schimmern gülden. Die majestätischen Bewegungen wirken grazil.

»Sie sind angekommen! Bald werden sie hier sein, Wodan«, flüstert die wunderschöne Frau dem König zu. »Soll ich sie abholen?«

»Nein, Frigg«, antwortet dieser. »Lass sie ihren Pfad zu uns selbst finden. Wer Walhalla betreten möchte, soll als Suchender erscheinen, nicht als Begleiteter!«

Kaum hat er gesprochen, scheint der gesamte Prunkbau in einer Kaskade aus fließendem Licht verschiedener Farbtöne neu zu erstrahlen. Die Dimensionen der Halle beginnen, zu wachsen. Den massiven Marmor-Säulen entspringen neue, wunderbare Verzierungen in Silber und Gold. Die Adern aus Bernstein, die in den weißen Marmor eingearbeitet sind, glühen golden – wie aus sich selbst heraus. Eine unbeschreibliche Pracht! Die Springbrunnen zwischen den Säulen leuchten auf in einem hellen Blau, als ob flüssige Saphire von den Geschehnissen erzählen wollen würden.

Vor und neben der Tafel trainieren mehrere Krieger. Sie sind sichtlich menschlichen Ursprungs.

An der Tafel finden sich indessen immer mehr Götter ein. Auch menschliche Krieger, deren Wahrhaftigkeit, Mut und Tapferkeit ausreichte, um hier Einlass zu erhalten, gesellen sich hinzu.

Dann betritt ein höchst edler, aber sehr kriegerisch wirkender Hüne mit rotem Bart die Halle. Er setzt sich rechts neben Wodan an einen freien Platz. An seiner Seite baumelt ein riesiger, massiver Wurfhammer. Etwas mürrisch fragt er den Göttervater: »Willst du dich wirklich mit diesen Schwächlingen abgeben? Du brichst dein eigenes Gesetz damit. Und nur, weil sich unser Obergauner wieder eine Verrücktheit hat einfallen lassen?«

Wodan nickt dem Neuankömmling zur Begrüßung zu. Sein majestätischer Blick ruht eine Weile auf ihm, bevor er antwortet: »Ja, Thor, ich breche damit mein eigenes Gesetz. Das steht mir aber auch zu. Lokis Rat möchte ich in dieser Zeit des nahenden Niedergangs nicht in den Wind schlagen. Einen Versuch ist es wert. Wenn er schiefgeht, haben wir zumindest etwas zu lachen. Außerdem, mein Sohn, wer hindert dich daran, diese Menschen selbst nach Gutdünken zu prüfen? Vielleicht sind sie wertvoller als wir alle annehmen. Hel ließ mir bereits die Botschaft zukommen, dass einer von ihnen in den Abgrund stürzte und auf nahezu grandiose Weise die Aufgabe löste, die sie ihm in ihrem Reich stellte. Dieser eine hat sich den Eintritt in meine Halle schon redlich verdient.«

»Wir werden sehen!«, brummt der Kriegsgott. Lässig spielt er dabei mit Mjöllnir, seinem Hammer, der nach jedem Wurf stets von alleine in die Hände seines Herrn zurückkehrt.

***

Freya berichtet:

Nachdem wir den Torbogen durchschritten haben, finden wir uns am Rand eines hügeligen Landes wieder. Es ist von ungeheurer Blumenpracht. Erschöpft springen wir von der Brücke, die sich hinter uns einfach auflöst. Nein, eigentlich löst sie sich nicht auf, sie wird nur irgendwie unsichtbar oder bedeutungslos, wobei ich genau – warum auch immer – spüre, dass sie noch vorhanden ist und auch wieder sichtbar und damit Gestalt annehmen wird, sobald sie wieder benötigt wird. Es wundert mich kaum noch. Was kann mich schließlich noch wundern, nach allem, was wir bereits erlebt haben?

Ich lasse mich ins Gras fallen und sage zu den anderen, dass ich eine Rast brauche.

Anna, Rainer und Hardy tun es mir gleich.

Loki aber tritt zu uns und mahnt: »Macht es euch nicht allzu gemütlich. Das macht einen schlechten Eindruck.« Dann dreht er sich weg und stapft davon. »Ich gehe schon voraus, kommt bitte bald nach!«, sagt er noch, bevor er aus unserem Blickfeld verschwindet.

»Moment, Loki, wohin sollen wir denn gehen?«, ruft ihm Rainer hinterher, doch er ist bereits außer Hörweite. »Mist!«, meckert er vor sich hin, doch Anna besänftigt ihn mit den Worten: »Wir werden den Weg schon finden. Wir sollen doch zur Walhalla. Zur echten Walhalla, oder? Lasst uns also nach etwas suchen, das wie der Tempel an den Donauhängen aussieht. Dann sind wir richtig.«

Während sich die anderen ausstrecken und die Ruhe genießen, blicke ich mich um. Selten habe ich eine derart harmonische Wald- und Feldlandschaft gesehen. Große, mir unbekannte Blumen von ungeheuerlicher Pracht. Büsche mit unterschiedlichen Beeren. In weiter Ferne hohe Berge mit vorgelagerten Bergwäldern. Die Bäche, die die Wiesen durchziehen, und die Insekten verursachen wunderbare, sanfte Geräusche, während die Duftnoten der Blüten meinen Geruchssinn jubilieren lassen.

Mein Blick wandert zu meinem Freund. Mit geschlossenen Augen und einem feinen Lächeln auf den Lippen liegt er neben mir im Gras. Ja, ich mag ihn sehr. Doch das Besondere an unserer Liebe ist, dass wir uns gegenseitig nicht besitzen wollen, sondern uns jeweils dem anderen schenken möchten. Was für ein Unterschied zu all den früheren Männerbekanntschaften, die immer nur Besitz ergreifen und festhalten wollten!

Für ihn würde ich durchs Feuer gehen!

Dann fällt mir ein dicker, durchlöcherter Lederstreifen auf, den Hardy am Hosenbund hängen hat. Ich ziehe ihn von seinem Gürtel, betrachte ihn kurz und frage: »Was ist das denn?«

Mein Freund schlägt die Augen auf, lächelt mich an und antwortet: »Diesem Ding und meinen Kenntnissen von den germanischen und nordischen Sagen habe ich meinen Sieg über den wilden Wolf zu verdanken. Mir sind die Details wieder eingefallen, als wir von der Brücke kamen.«

»Dann berichte doch bitte, was du dort unten erlebt hast.«

***

Hartmuth berichtet:

Als der Wolf absprang, schoss die Leuchtgestalt im Hintergrund so etwas wie einen Blitz in unsere Richtung. Eine Art Licht-Glocke bildete sich daraus, in deren Inneren offenbar die Zeit stillzustehen schien. Der Wolf war wie eingefroren in der Luft erstarrt. Auch Hel und die Schlange rührten sich nicht mehr.

Noch bevor ich begriff, was geschehen war, hatte sich mir die geheimnisvolle Lichtgestalt genähert. Sie entpuppte sich tatsächlich als Baldur, ein Sohn des Wodan, der einst von Loki durch den Trick mit dem Mistelzweig getötet wurde. Goldene, lange Haare säumten ein ebenmäßig schönes Gesicht. Um die Stirn trug er einen silbernen Reif, der über seinem *dritten Auge* einen Rubin festhielt. Die Gestalt wirkte in keiner Weise kriegerisch – wie Heimdall oder Loki –, sondern sanftmütig, edel und göttlich.

Ein wahrer Gottessohn! Die Entität eines germanischen Christos!, schoss es mir durch den Kopf.

Dann sprach er mich an: »Ich bin Baldur! Ich grüße dich, mein Namensvetter, der du wohl von der Bedeutung des Namens weißt.«

Dankbar erst einmal dem Tode entkommen zu sein, sagte ich: »Edler Baldur, wie freue ich mich, dich in dieser Hölle hier zu treffen. Und wie dankbar bin ich dir für meine Rettung!«

Baldur lachte über sein ganzes Gesicht, als er antwortete: »Ich habe dich nicht gerettet, das musst du schon selbst tun. Heißt es nicht in eurem Kulturkreis: *Hilf dir selbst, dann hilft dir Gott*? Ich habe dir lediglich eine Verschnaufpause verschafft, damit du imstande bist, dich zum Kampf mit dem Fenris-Wolf zu rüsten. Denn höre: Du kannst nicht *gegen* ihn kämpfen! Du würdest getötet werden. Du musst aber *mit* ihm kämpfen. Und das bedeutet, dass du keinerlei Furcht zeigen darfst. Sehe es als lehrreiches Spiel! Sehe es als Prüfung der Åsen! Sehe es als Herausforderung für dich selbst, um auf die eigentliche Aufgabe zu stoßen, die Hel dir stellte. Diese Aufgabe wird sich dir nämlich nur offenbaren, wenn du von dem verrückten Gedanken Abstand nimmst, dies hier sei die Hölle. So etwas gibt es nicht in der ewigen Wirk-Licht-Haith. Die Hölle habt ihr Menschen durch eure Gier und Bosheit erschaffen. Midgård, wie wir eure Welt nennen, weil sie eigentlich im Gleichgewicht inmitten der hohen und niedrigen Ebenen des Seins liegen sollte, ist aber inzwischen mehr Hölle als die tiefsten Bereiche der Unbewusstheit. Die Hölle erschafft ihr Sterblichen euch selbst, wenn ihr euch in Abhängigkeiten verstrickt, die euch zu beherrschen beginnen, statt dass ihr die Welten zu beherrschen lernt, wie wir es euch einst lehrten. Und wie es eure Aufgabe als Erstgeborene wäre.«

Verwirrt von dieser klaren Aussage trat ich – wie von ihm angezogen – vor das Lichtwesen, um mich in seiner Ausstrahlung zu baden. Sein Leuchten floss mir durch den ganzen Körper. Es war ungeheuerlich erfrischend und stärkend. Den quasi in der Luft eingefrorenen Unterwelt-Wolf hatte ich fast schon vergessen, stattdessen durchflutete mich plötzlich ein tiefes Verstehen, was die Hölle betraf.

»Was den Kampf mit dem Wolf angeht, so werde ich mir Mühe geben, keine Angst zu zeigen«, antwortete ich schließlich. »Wie soll ich es aber als Spiel oder Prüfung empfinden? Das Tier wird mich in der Luft zerreißen. Ich habe weder Waffen noch andere wirksame Möglichkeiten. Was die Hölle angeht, so bin ich dir sehr dankbar für die Zurechtweisung. Es stimmt, was du sagst, edles Wesen, und ich beginne zu fühlen, dass du nichts Fremdes bist, sondern … wie soll ich sagen … irgendein Teil meiner eigenen Wahrhaftigkeit, die sich nun in diesem Geschehen spiegelt. Vielleicht werde ich eines Tages, wenn ich in das materielle Sein zurückkehren kann, die Fähigkeiten entwickelt haben, diese irdische Hölle zu dem zu machen, was sie sein sollte – zumindest innerhalb meiner Möglichkeiten.« Die Worte kamen mir aus tiefstem Herzen. Stets wollte ich ja solch Tapferkeit und Tatendrang in mir entwickeln, wie es die Helden meiner gelesenen Epen taten.

Baldur lächelte noch immer, während er den Kopf wie zu einer Ehrenbezeugung neigte, bevor er erwiderte: »Deine Worte zeugen von einer starken Seele, mein Freund. Von einer Seele, die beginnt, das Wesen ihrer Wahrhaftigkeit zu finden. Sei dir sicher, dass du die gewünschten Fähigkeiten entwickelt haben wirst, wenn du einst zurückkehrst.« Er hob betonend einen Finger. »Noch müsst ihr alle euch dem hohen

Thing der Götter stellen. Und wer kann schon sagen, was dort geschehen wird. Du hast einen Teil deiner aktuellen Prüfung tatsächlich bereits bestanden, weil du mich nicht als fremdes Wesen ansiehst, sondern als Aspekt deiner eigenen Seelen-Größe. Ich bin der Gottes-Sohn, durch den die Auferstehung des wahren Menschen initiiert wird. Ich bin der Christos. Das ewige Feuer des All-Einen. Lodernd in den versteckten Kavernen der tiefsten Tiefen. Unerkannt wirkend. So lange, bis ein Suchender es wagt, diese Tiefen bewusst zu betreten und den finsteren Erscheinungen die Maske herunterzureißen. Ich bin! Und ich bin in dir! Ich bin sogar du, wenn du es wagst, die Schmerzen einer Auferstehung im Lichte zu ertragen, was das Recht eines jeden Erstgeborenen ist. Denn ihr, die freien Menschen der seelischen Wirklichkeit, seid die Ersten der Aus-dem-All-Sein-Geborenen, ihr seid der hohe Ausdruck der Schöpfungs-Wahrheit, keine Sklaven von selbsterschaffenen Pseudo-Göttern oder eurer eigenen Gelüste, sondern lichtgewordene Herren der Welten. Welten-Wanderer. Und letztendlich die erblühten Könige der göttlichen Wahrheit, wenn ihr denn das Erblühen nur zulassen könntet. Diese Worte aber bleiben nur Worte, solange sie in Midgård nicht verwirklicht werden.

Und nun zu Fenrir. Die Zeit drängt. Lange wird die Zeit-Starre nicht mehr halten. Vidar, der große Waldkrieger – genannt der Schweigsame –, war der Einzige, der während der letzten Ragnarök den Fenris-Wolf besiegte, nachdem dieser Wodan bereits getötet hatte. Er hat es mit einem Lederschuh getan, mit dem er dem Wolf kraftvoll und völlig furchtlos ins Maul trat. Der Schuh zerriss das Maul des Tieres, woraufhin es tatsächlich verschied.«

Baldur hielt mir einen Lederfetzen hin, den ich verwundert ergriff, und erläuterte: »Dies hier ist ein Streifen von Vidars Lederschuh. Er ist nach Thor der Stärkste von uns. Wickle ihn um deine Hand und dann tu, was getan werden muss. Fenrir hat das Leder des Stiefels noch nicht vergessen. Er fürchtet es sogar.

Wie es mit der Welten-Schlange weitergeht, musst du selbst herausfinden. Falls du die Aufgaben zur Zufriedenheit der Hel erledigst, wirst du zum Fluss der Welten geleitet. Erspüre wachen Sinnes, was hier zu tun ist, dann wirst du den Pfad zurück zu deinen Freunden finden.

So sei es! Ich habe alles gesagt, was gesagt werden musste. Und nun, wacher Mensch, der du als Sterblicher zu Lebzeiten bereits Einlass in Hel fandest, kämpfe!«

So sprach der Gottessohn, bevor sein Leuchten plötzlich verwehte und in mich eindrang. Ich spürte sofort, dass er damit tatsächlich ein Teil meines Seins wurde.

Sollte das etwa auch für den gruseligen Wolf gelten?

Ich hatte gerade noch Zeit, mir den Lederlappen um die Hand zu wickeln und mit einer ungeheuren Willensanstrengung die Furcht, die mich zittern ließ, zum Gegenteil zu transformieren – zur Macht der seelischen Unbesiegbarkeit, die ich nun aus ganzem Herzen herbeisehnte.

Kaum geschehen, brach die Licht-Glocke zusammen. Der Wolf stieß ein schreckliches Brüllen aus und streckte seine krallenbewehrten Tatzen nach mir aus, um mich zu packen und zu verschlingen. Mit einer raschen Bewegung ging ich in die Knie, wobei ich seltsamerweise registrierte, dass mein Bauchspeck verschwunden war. Ich war rank und schlank wie ein Germanen-Krieger.

Fenrirs Schlag mit der Tatze ging ins Leere. Nunmehr aber unter ihm schoss ich wieder empor, sodass der Wolf durch seinen eigenen Schwung das Gleichgewicht verlor und direkt vor mir auf den Rücken plumpste. Mit einem Satz war ich über ihm und bohrte meine mit dem Leder umwickelte Faust in seinen vor Wut weit geöffneten Rachen. Seine vor Zorn rot glühenden Augen wollten sich in meine bohren, weil er das Maul nicht mehr schließen konnte, doch nahm ich seine Drohung nicht an, sondern drehte den Spieß um. Mit den lichten Augen des menschlichen Seins blickte ich ihm bis tief in den düsteren Grund seiner Existenz. Da heulte er laut auf – entsetzt ob des Leuchtens, das ihn durchdrang. Schnell zog ich daraufhin meine Faust wieder aus seinem Rachen und packte dabei einen der Fangzähne. Mit einem kräftigen Ruck riss ich ihn heraus.

Als Fenrir spürte, dass meine Faust seinen Rachen verlassen hatte, schüttelte er mich ab und baute sich brüllend, bereit zum nächsten Angriff, vor mir auf. Ich taumelte zurück, drohte ihm aber mit der von dem Leder umwickelten Faust, in der ich auch den Zahn hielt, und rief: »Fenrir, erkennst du das Leder, das dich einst tötete? Noch ist deine Zeit nicht gekommen. Die nächste Welten-Wandlung hat noch nicht begonnen. Weiche also von mir, Besiegter, sonst wird nicht die Faust meines Körpers, sondern die meines Willens dich töten.«

Was dann geschah, sprengte fast meinen sowieso nahezu ausgeblendeten Verstand.

Der gruselige Wolf veränderte sich vor meinen Augen zu einem höchst kraftvollen, aber nicht mehr unheimlichen Tier, das mich ergeben anblickte. Plötzlich wurde es auf ähnliche

Weise wie Baldurs Leuchten kurz zuvor verweht und drang in mich ein. In diesem Augenblick fühlte ich mich, als ob alle Kraft des Kosmos in mich hineinströmen würde. Erst jetzt begriff ich wirklich, was Transformation bedeutet. Ich hatte dem *bösen Wolf* die Maske heruntergerissen und mir seine unbändige Kraft dienlich gemacht. Noch verwunderter war ich aber, dass sich Fenrir in seiner ursprünglichen Form wieder neben dem Holle-Häuschen zeigte, jedoch keine Anstalten machte, in die weiteren Geschehnisse einzugreifen. Das Tier hatte seine Rolle für mich gespielt.

Hel stand auf und machte einen Schritt auf mich zu. Sie nickte anerkennend und sagte: »Ich sehe, du hast deine eigentliche Aufgabe begriffen und zum Teil auch schon ausgeführt. Du weißt nun, dass du alle Aspekte des kosmischen Seins – sei es in Åsgård, in Midgård oder hier in meinem Reiche – in dich aufnehmen und in dir zum Vorschein bringen kannst, um sie zum Wohle der Welten zu verwenden, wenn du nur den Mut dazu hast. Der Mensch nämlich ist ein Welten-Wanderer, wandert er doch letztlich durch alle Bereiche seines eigenen, wahren Wesens, sobald er die Kraft dazu hat. Hartmuth sei daher weiter dein Name. Ich verleihe ihn dir für deine Tapferkeit zum zweiten Mal. Doch deine Prüfung ist noch nicht zu Ende. Meine schlangengleiche Schwester muss geheilt werden. Trete nun auf sie zu und verstehe, was Heilung bedeutet. Mag sein, dass wir uns danach nicht wiedersehen. Jenseits der Welten-Schlange nämlich liegt der Pfad zu deinen Freunden. Du hast hiermit meine Erlaubnis, mein Reich zu verlassen, sobald du deine Aufgabe erfolgreich beendet hast. Lebe denn wohl und vergiss Frau Holle nicht! Obwohl dies immer noch möglich wäre.«

Ich hatte keine Zeit, über ihre letzten Worte nachzudenken, denn schon baute sich die riesige Welten-Schlange vor mir auf. In Sekundenschnelle hatte sie sich auf ein Vielfaches aufgebläht. Und sie wuchs und wuchs immer weiter.

Aha, sie droht mir! Ich muss sie wohl ebenfalls irgendwie demaskieren, schoss es mir durch den Kopf.

Schon begann sie, um mich herum zu züngeln. Sie wirkte bereit, mich zu verschlingen.

Da hörte ich im Hintergrund die belustigte Stimme von Hel: »Na, was ist? Sei einfach ein Narr!«

Kurz überfiel mich das Gefühl, die Zeit würde erneut stillstehen. Doch eine ganze Fülle an Erkenntnis-Prozessen durchlief in diesem Moment mein Bewusstsein. Sie hat nicht gesagt, sei *kein* Narr, sie hat gesagt, sei *ein* Narr. Was sollte das? War der Status des Narren der Schlüssel zur Heilung der schwarzen Schlange? Was hat das aber mit Demaskierung zu tun?

Da erinnerte ich mich an die Erläuterungen zu den altnordischen Sagen und Begriffen sowie an die Runen-Mystik, die ich als Kind nahezu verschlungen hatte. Alles war mir plötzlich wieder gewahr.

Im Altnordischen bedeutet *Arr*, der Krieger. Der Buchstabe *N* jedoch kommt von der Not-Rune, welche Schicksal, Nornen, Unabwendbares, aber auch Gerechtigkeit bedeutet, wie auch die Stabilität der Zahl Acht. Die Rune *Not* scheint auch das Hervortreten des Göttlich-Unendlichen in die endliche, irdische Manifestation zu symbolisieren. Also die bewusst auf sich genommene Begrenzung zum Grunde der Wandlung der Ganzheit. Aus *UR* – dem reinen Sein – wird *NOT-UR*, also Natur, was bedeutet, dass das Göttliche sich in die Begrenztheit der Materie hineinstürzt, um durch diese initiierte Trennung letztlich wieder sich selbst hervorzubringen. Natur wird dadurch geboren. Aus der Verneinung der Unbewusstheit der Materie, die die *NOT* erzwingt, entwächst auf diese Weise das Gleichgewicht, die Gerechtigkeit, ja das Erblühen der höchsten *WAHRHEIT* in der vorher unbewussten Materie. Der *N-ARR* ist somit der Krieger, der dafür sorgt, dass sich die göttliche Wirklichkeit in der Materie zu erheben beginnt. Seine Kraft erzwingt das Erblühen der Wahrheit in der Menschenwelt. Oder – wenn man das Symbol der Zahl Acht nimmt – wenn die Acht sich legt, wird sie zur Unendlichkeit. Das mathematische Zeichen dafür ist die liegende Acht. Der Narr bringt die irdische Gerechtigkeit zum Umfallen. Ist die Acht gefallen, wandelt sie sich zur Unendlichkeit. Wenn wir Narr im Sprachgebrauch als Synonym für Spinner nehmen, ergibt sich allerdings auch ein interessanter Sinn: Der Spinner spinnt an etwas. Er webt seine eigene Wirklichkeit, die von der Masse nicht erkannt wird. Letztlich ist das nichts anderes als die Vorgehensweise der göttlichen Realität in der Materie: Unerkannt wirken. An der Selbst-Entfaltung in uns Menschen so lange spinnen, bis Kraft und Bewusstheit ausreichen, um wahrhaftig wirken zu können.

Diese Gedanken liefen in Bruchteilen von Sekunden in mir ab. Sie brachten die sich zuspitzende Situation auf einen Nenner. Laut sprach ich es daher aus: »Ich muss aus ganzem Herzen und mit voller, kriegerischer Tatkraft Narr sein. Ich muss von innen heraus unerkannt an der Heilung der Welt und ihrer Erscheinung arbeiten. Dadurch findet sowohl Heilung als auch Demaskierung des alten Seins statt. Das Unendliche wird im Endlichen enthüllt, die Not wird gewendet, eine Not-Wendigkeit tritt ein. All dies wird vom Narren symbolisiert.«

Furchtlos der Schlange zugewandt, forderte ich sie auf: »Du hast es gehört, finsteres Untier. Friss mich! Integriere mich in dich, so wie ich deinen Bruder in mich integriert habe. Dann werde ich versuchen, dich von innen zu heilen.«

Als ob die Unterwelt sich aufbäumen wollte, erklang plötzlich ein weltenumspannender Glockenton, ein extrem kraftvoller Ur-Ton, der aus dem Seinsgrund des Reiches der Hel herausbrodelte. Ich stand – tatsächlich ohne jede Furcht – zum Teil vor, zum Teil unter der Schlange, die mich mit hypnotischer Kraft anstarrte wie eine Kobra die Maus kurz vor dem Verschlingen. Dann stieß ihr Kopf auf mich herab. Die Schlange packte zu. Mein Sein wurde in das Nicht-Sein gerissen, welches diese *Feindin des Lebens* verkörperte.

***

Zwischenspiel

Am Zugang zu Bifröst steht Heimdall, der weise Wächter, und lächelt. Er, der Feind des stets tricksenden Loki, ist eigentlich ein großer Freund und Gönner der Menschen. Mehr noch als Baldur. Mehr sogar vielleicht noch als der Göttervater selbst.

Auf sein Schwert gestützt, blickt er über die grüne Ebene. Wohlwollend wartend auf die nächsten Ankömmlinge. »Vielleicht werden es nun wieder mehr werden«, murmelt er vor sich hin. »Diese vier jedenfalls haben großes Potential in sich. Wie alle Menschen, die an ihrem Schicksal erst einmal verzweifeln. Sie könnten den Pfad der Helden einschlagen, wenn sie zurück nach Midgård gelangen. Sie könnten viele weitere Sterbliche zu großen Taten inspirieren.« Lachend entblößt er seine goldenen Zähne, während er daran denkt, wie er sich mit Loki gestritten hat. Dabei war von vornherein klar gewesen, dass diese vier die Brücke passieren dürfen. Ja mehr noch: passieren müssen! Die Not unter den Menschen ist groß in diesen Tagen. Es müssen daher Not-Wendig-Haithen geschaffen werden, um wahre Wandlungen zu initiieren. Nicht umsonst wird er der weise Wächter genannt. Er ist aber nicht nur Wissender. Weisheit durchfließt ihn. Er ist nicht nur Wächter der Brücke. Er ist auch Beschützer der menschlichen Heime. Ist denn nicht die Heimat die Brücke zum Wachstum?

Manchmal beneidet er die Menschen um ihre angeborenen Fähigkeiten zu Reife und Wachstum. Er selbst und die anderen Åsen sind dazu leider nur in geringem Maße fähig.

Er schnauft tief durch und murmelt: »Eines Tages werden uns die erblühten Menschen-Seelen weit überlegen sein. Wegweiser waren wir zwar, aber wir konnten den Weg selbst nicht gehen. Wie gnadenvoll, als Mensch geboren zu sein.« Dann lacht er plötzlich lauthals auf, sodass es über die Weiten der schneebedeckten Gipfel echot, als er sich vorstellt, dass die Menschen einen der Ihren als Wächter vor die Regenbogenbrücke stellen könnten, um die Götter von Åsgård zu prüfen, ob sie reif genug seien, in Midgård eingelassen zu werden, wenn es einst zu dem geworden sein wird, das es eigentlich sein sollte. »Wahrlich seltsame Zeiten«, murmelt Heimdall noch, bevor er sich wieder in Schweigen hüllt.

***

Hartmuth berichtet:

Ich wurde also Teil der gewaltigen Welten-Schlange. Finster war es im ersten Moment, schrecklich kalt und furchteinflößend. Doch ich empfand keine Angst. Das Grauen fand keine Resonanz mehr in meinem Wesen.

Wie in einem magischen Verdauungs-Vorgang wurde meine begrenzte Wesenhaftigkeit von der riesigen Schlange assimiliert.

Dann plötzlich empfand ich den ganzen Schmerz dieses Ungetüms. Aber nein, das war kein Ungetüm. Das Lebensfeindliche war nur die Maske, die es zu entfernen galt. Ich spürte den Schmerz. Den Schmerz über die Enge und Begrenztheit, in der die Menschenseelen momentan leben mussten. Den Schmerz darüber, wie die Erstgeborenen ihre wahren Schätze verschmähten. Den Schmerz über die gewaltige Falle, die die Menschen sich selbst gestellt hatten, indem sie ihren Verstand zum anbetungswürdigsten Götzen erklärt hatten, genährt und verfestigt durch alle nur denkbare Gier und einem völlig lebensfeindlichen Streben nach Macht und persönlichem Ansehen.

Ich muss die Maske der Lebensfeindlichkeit tragen. Das ist meines Vaters großer Trick. Doch die Menschen verkörpern sie tatsächlich in ihrem Wahn und ihrer Aufgeblähtheit!, erkannte ich plötzlich als Teil der Midgård-Schlange, der ich geworden war.

Dann sah ich den Splitter, den es zu entfernen galt. Dieser Dorn steckte sowohl in mir als auch in der Schlange. Ich fühlte die Wahrheit dieser Heilung, die durch mich an mich selbst und die lebensfeindliche Schlange erteilt werden musste. So ergriff ich den Zahn des Wolfes und schnitt diesen Dorn heraus. Den Splitter der Lüge und Verfälschung, der sich auch in meinen Körper eingeschlichen hatte. In den Welten-Körper, den ich symbolisierte. Und die symbolische Heilung nahm ihren Lauf. Ich, als die schwarze Schlange der Vernichtung, wurde zur golden leuchtenden Schlange der Weisheit, zur Schlange der Wahrheit, zur Schlange der Heilung. Die Schlange der Verführung und Boshaftigkeit wandelte sich zur Schlange des Lichtes.

»Ein Lichtbringer muss ich werden!«, erkannte ich endlich. »Die Maske fällt für den, der bereit ist, hinter diese Maske zu blicken. Der verderbende Splitter der Lüge ist aus meinem Körper geschnitten worden durch die Kraft des wahren Menschen in mir. Möge ich von nun an fähig sein, jeden Menschen von Midgård mit Wahrhaftigkeit zu überfluten, wenn er nur bereit dazu ist, diese auch zu verkörpern. Das sei meine Aufgabe! Das sei das mir auferlegte Schicksal.«

Dann plötzlich ertönte der Ur-Ton erneut. Die Welten-Glocke erklang. Die Wesenseinheit – Mensch und Schlange – löste sich wieder auf. Aus *EINS* wurde wieder *ZWEI*.

***

Zwischenspiel

Kopfschüttelnd steht der Oberarzt vor Hartmuths Krankenbett und betrachtet die Anzeigen der Monitore. Puls auf hundertfünfzig. Blutdruck extrem hoch. »So einen Fall hatte ich noch nie«, murmelt er.

»Er ist seit Stunden schweißgebadet«, erklärt die Schwester. »Er zuckt mit den Gliedmaßen und reagiert auf keinerlei Medikamente, die seine Werte normalisieren sollen.«

»Die Werte gleichen denen eines Hochleistungssportlers, der gerade den Wettkampf seines Lebens austrägt. Trotzdem ist er völlig stabil. Lassen wir ihn erst einmal in Ruhe.«

Als der Arzt zur Türe hinausgeht, ruft ihn die Schwester plötzlich zurück. »Sehen Sie mal! Die Werte normalisieren sich. Der Puls geht auf sechzig. Der Blutdruck sinkt auf Normalwerte. Auch die Augen rollen nicht mehr wild unter den geschlossenen Lidern.«

»Dann hat er den Kampf – welchen er auch immer ausgefochten haben mag – wohl gewonnen.«

Während ihm die Schwester noch nachdenklich hinterherblickt, geht der Oberarzt in sein Büro. Einem spontanen Impuls folgend, zerreißt er den Vertrag mit einer Pharma-Firma, den er heute hätte unterschreiben sollen. Eine hohe Summe auf ein Konto auf den Bahamas wurde ihm darin versprochen, wenn er ein bestimmtes Medikament in seiner Klinik heimlich testen würde und – unabhängig von den realen Ergebnissen – ein positives Statement darüber veröffentlichen würde.

»Frechheit!«, meckert er vor sich hin. »Wir Ärzte haben dieses Treiben viel zu lange geduldet. Wird Zeit, dass wir uns diesem lügnerischen Diktat der Industrie entgegenstellen.« Dann hebt er die Fetzen des gerade zerrissenen Vertrags auf, klebt sie wieder zusammen und sucht sich die Telefonnummer der Redaktion einer bekannten Ärzte-Zeitschrift heraus.

***

Hartmuth berichtet weiter:

Spontan änderte sich die Szene. Ich war zwar wieder Mensch, doch die Schlange war nicht mehr da. Stattdessen stand ein gewaltiger, roter Drache feuerspeiend und bedrohlich vor mir. Um uns herum wucherte wildes Wurzelwerk. Dazwischen kringelten sich mehrere Schlangen. Hinter mir wuchs eine gigantische Esche, die sich nach oben in alle Unendlichkeit zu erstrecken schien. Davor befand sich eine geheimnisvoll türkis schimmernde Quelle. Ihr Wasser sprudelte direkt aus dem Boden unter dem Wurzelwerk hervor.

Hvergelmir, die Quelle aller Flüsse der Welten.

»Ich bin Nidhöggr«, sprach der Drache mich plötzlich an. »Der, der die Verderbten und Eidbrecher, die Boshaften und Unehrenhaften zerreißt, wenn sie bei den Prüfungen in Midgård versagt haben. Den Wahrhaftigen jedoch verhelfe ich dazu, die letzten Strukturen ihrer finsteren Kavernen zu verbrennen. Ich zwinge sie dazu, sich ihren Schatten zu stellen.«

Da der Drache keine Anstalten machte, mich zu zerreißen, antwortete ich ohne Scheu: »Sei mir gegrüßt, großer Schicksals-Erfüller, der du den Gestorbenen den Frevel ihrer Taten vor Augen führst. Schmachvoll wirst du bluttrinkender Nasenbleicher genannt, doch ich erkenne in dir das Wirken des Schicksals. Mag die Qual, die du den Frevelhaften zufügst, letztlich der Ansporn für sie sein, einst ihren Schicksals-Pfad selbst in die Hand zu nehmen. Nicht umsonst sind die Wurzeln der Welten-Esche deine Wohnstatt. Und nicht umsonst sprudelt Hvergelmir, die Ur-Quelle, im Zentrum Niflheims – deinem Hort –, wo wir uns zweifellos befinden.«

In diesem Moment wurde mir bewusst, dass in den nordischen Mythen die Drachen oft mit Schlangen in der Symbolik wechseln, je nachdem, was passender war. So wunderte es mich nicht mehr, dass das Eins-Sein mit der Welten-Schlange ausgerechnet an den Wurzeln von Yggdrasil endete.

»Du hast es erkannt, junger Welten-Wanderer!«, sprach der Drache mit tief tönender Stimme, wobei feurige Lohen seinen Atem und seine Worte begleiteten. »Selten nur gelangen Menschen aus dem Lande der Speer-Träger in meinen Bereich. Angst vor dem Tode lähmt sie. Die Furcht vor den Auswirkungen ihrer eigenen Untaten lässt ihnen das Blut in den Adern gefrieren, bevor sie meiner überhaupt gewahr werden. Wahrlich selten nur getraut sich jemand in diesen Tagen, sich mit seinen Schatten und Fratzen auszusöhnen. Denn wisse, dass der bewusst durch Annahme gewandelte Schatten stets die Quelle des Lichtes ist. Der beherrschte und transformierte Dämon der Bosheit wird zu Daimonos, dem Licht der Ur-Kraft.«

»Die meisten meiner Zeitgenossen tragen keine Speere mehr«, antwortete ich bedrückt. »Weder äußerlich noch innerlich. Den Lebenskampf haben sie verlernt. Der Bequemlichkeit und Trägheit sind sie in die Falle gegangen. Und ehrlich gesagt bin ich einer von ihnen. Ich weiß nicht, warum ich hier in schlanker Gestalt erscheine, aber in meinem physischen Körper auf Midgård bin ich aus Niedergeschlagenheit fett geworden, was mir nicht gerade zu Ehren gereicht.«

»Doch nun bist du hierher gelangt und stehst furchtlos vor mir!«, erwiderte der Drache, wobei mich seine glühenden Blicke zu durchdringen schienen. »Du hast Fenrir besiegt und die Welten-Schlange geheilt. Das vermochte noch niemand von euch Sterblichen. Es könnte den Aufbruch in eine neue Zeit bedeuten. Empfange daher mein Geschenk, Sterblicher, der du dir jetzt schon in den Welten des Seins unsterblichen Ruhm erworben hast, ohne dir dessen bewusst zu sein, was dich noch mehr ehrt.«

Dann blies mir der Drache eine glühende Lohe seines Drachenfeuers entgegen, die augenblicklich in mich eindrang und mich vor überwältigender Ur-Kraft erschaudern ließ. Keine Sekunde lang befürchtete ich, von dem Feuer verbrannt zu werden. Doch ich spürte, wie sich die Bequemlichkeit und die Niedergeschlagenheit, das alte *Ich-will-nicht* und *Ich-kann-nicht,* in schmerzvollem Zischen auflösten. Nur ein kurzer, aber durchaus heftiger Schmerz war es, doch ich nahm ihn gerne – ja freudevoll – auf mich, trug ich doch die Hoffnung in mir, dass dieser Vorgang auch Auswirkungen auf mein irdisches Leben haben würde.

»Du trägst die Kraft des roten Drachen nun in dir«, fuhr Nidhöggr fort. »Sei dir stets bewusst, dass sie sehr intensiv ist und durch den menschlichen Willen nur beherrscht werden kann, wenn dieser der Seele entspringt und von einem reinen Herzen gelenkt wird. Verwende die Drachenkraft niemals zum Eigennutz! Sie würde dich nach kurzer Zeit versklaven und letztlich auch zerstören.«

Dankbar verneigte ich mich stumm vor dem gewaltigen Tier. Dann fragte ich: »Wie finde ich den Pfad zurück zu meinen Freunden? Hel sagte mir, ich fände ihn jenseits der Aufgaben.«

Der Drache wandte den Kopf zur Seite und wies auf einen Bach. »Folge dem Verlauf des Welten-Flusses, der hier am Fuße Yggdrasils noch ein schmales Rinnsal ist, doch bald zum reißenden Strom anschwellen wird, der so manche Tücke in sich trägt.«

Ich bedankte mich erneut bei dem Drachen und wünschte ihm eine segensreiche Neugeburt nach Ragnarök – was er schmunzelnd annahm –, dann machte ich mich auf, dem Verlauf des Flusses zu folgen, der sich in langsam dichter werdendem Nebel dahinwand. Nur ab und zu noch drehte ich mich kurz um.

Als ich Nidhöggr in der nebligen und eiskalten Atmosphäre von Niflheim schon kaum mehr ausmachen konnte, hörte ich die Stimme des Gewaltigen noch einmal erklingen: »Ist es dein Wille, zu deinen Freunden zurückzukehren, so achte auf die Klänge des Wassers. Lerne sie zu verstehen. Doch übe Askese! Und hüte dich davor, in den Fluss zu springen. Du würdest nach unten gezogen werden. Unterhalb von Niflheim aber ist das Nichts, das All-Es in sich enthält. Der Urgrund der Schöpfung, bevor die ersten Spuren des Seins entstanden. Du würdest zu existieren aufhören – in deiner jetzigen Form zumindest. Und das wäre schade, junger Welten-Wanderer.«

Durch die Nebelschwaden waren jetzt nur noch die glühenden Drachenaugen und der feurige Atem zu erkennen. Doch die riesige Welten-Esche ragte unübersehbar in die Unendlichkeit nach oben. Alles andere begann, mehr und mehr im Nebel zu verblassen. Bereits nach kurzer Zeit war ich ebenfalls von dichtem Nebel umgeben. Nur noch der immer breiter werdende Fluss, dessen Verlauf ich folgen sollte, war zu erkennen.

Dann begann eine nahezu endlos scheinende Wanderung in der trüben Eiseskälte. Wie dankbar war ich jetzt, den Atem des Drachen als Geschenk erhalten zu haben. Vermochte ich so doch, den Temperaturen einigermaßen zu trotzen. Ich weiß nicht, wie lange ich dem Verlauf des Flusses durch diese trostlose Gegend folgte. Irgendwann aber bekam ich großen Durst, denn der Marsch durch das zum Teil unwirtliche Gelände kostete mich sehr viel Kraft. Irgendwas hielt mich lange Zeit davon ab, aus dem Fluss zu trinken. Der Rat des Drachen, asketisch zu bleiben, ging mir nicht aus dem Sinn, was auch immer das mit der Rückkehr zu euch zu tun haben mochte. Als ich irgendwann stehenblieb, um zu verschnaufen, begann ich, den Geräuschen des Flusses zu lauschen, wie Nidhöggr es mir geraten hatte. Schon nach wenigen Sekunden vernahm ich tatsächlich einen Sinn hinter dem Gluckern und Rauschen.

»Trink aus mir! Trink aus mir! …«, klang die Übersetzung in meinem Empfinden. Was sollte das? Wenn ich daraus trinken würde, wäre ich nicht mehr asketisch. Oder war alles ganz anders gemeint? Was sollte ich also zu verstehen lernen, wie Nidhöggr gesagt hatte? Selbst die größten Asketen mussten schließlich irgendwann trinken. Dann erinnerte ich mich an die letzten Worte der Hel: »… und vergiss Frau Holle nicht, auch wenn das immer noch möglich wäre.«

Vergessen? Gab es nicht irgendwo in den unteren Welten einen Fluss des Vergessens? War es das vielleicht? War das dieser Fluss des Vergessens?

Ratlos ging ich erst einmal weiter und folgte stets dem Lauf des Flusses, dessen Klänge meinen stetig zunehmenden Durst unerträglich werden ließen.

»Trink aus mir! Trink aus mir! …«

Keine Ahnung, wie lange ich diesen schlimmen Marsch standhaft auf mich genommen habe. Irgendwann hielt ich es nicht mehr aus. Das Durstgefühl war nicht mehr zu ertragen. Das Plätschern des Flusses brachte mich fast um den Verstand. So kniete ich mich an den Rand und schöpfte eine Handvoll Wasser.

Kaum hatte es meine Lippen berührt, packte mich ein gewaltiger Arm, der aus dem Nebel hervorgeschossen kam, zog mich vom Fluss weg und hob mich in die Höhe. Einen Moment später stand ich wieder auf der Regenbogenbrücke.

***

Freya berichtet:

»Mein Gott, Hardy, das ist ja unglaublich«, entfährt es mir. »Kannst du dich jetzt wirklich an alles erinnern?«

»Ja, meine Lippen haben das Wasser des Vergessens zum Glück nur berührt, deshalb war die verschwommene Erinnerung nur vorübergehend«, antwortet er. »Keine Ahnung, was passiert wäre, wenn Loki mich nicht im letzten Moment aus der Unterwelt geholt hätte.«

Ich drücke meinem Helden einen dicken Kuss auf den Mund. »Das hast du wahrlich verdient!«

»Was?«, fragt er etwas unbeholfen. »Lokis Hilfe oder deinen Kuss?«

Alle lachen daraufhin herzhaft auf.

Erst jetzt bemerke ich, dass auch Anna und Rainer Hartmuths Ausführungen interessiert zugehört haben.

Mit seinem typisch akademisch-analytischem Gesichtsausdruck sagt Rainer: »Wenn das alles nicht nur symbolisch war, sondern wirklich Auswirkungen auf unseren irdischen Seins-

Bereich hat, dann hast du bereits eine ganze Menge in die Wege geleitet, auch wenn wir das eigentliche Ziel unserer Reise noch gar nicht erreicht haben. Wahrscheinlich aber ist alles nur eine Halluzination, die wir kollektiv im Suff erleben. Warum auch immer!«

Anna ignoriert seine Ausführungen und geht gar nicht darauf ein, als sie zu Hartmuth sagt: »Du hast deine Prüfung also schon hinter dir. Was wird auf uns nur warten? Die Sache mit dem Wolf und der Schlange hätte ich niemals hinbekommen. Oder hast du dort in den Tiefen vielleicht für uns alle gekämpft?«

»Nein«, ergreift Rainer wieder das Wort. »Wenn wir Walhalla betreten wollen, dann werden wir alle getestet werden. Was soll's aber!« Er zuckt mit den Schultern. »Ist sowieso alles nur ein Traum. Oder eine Suff-Einbildung, wenn sich das besser anhört.«

Von Hardys Bericht mit neuer Kraft und Zuversicht durchflutet springe ich auf, strecke die Arme in Form der Man-Rune in die Höhe und rufe: »Los jetzt, lasst uns weitergehen. Ich glaube, wir werden erwartet!«

Auf Rainers letzte Bemerkung will ich gar nicht eingehen. Glaubt dieser Dödel etwa wirklich, dass alles nur eine Illusion – eine Sinnestäuschung – ist?

Männer! Wie blöd sie doch manchmal sind!

Die Halle der Helden

Anna berichtet:

Die Landschaft, die wir durchwandern, ist ein wahrer Augenöffner. Faszinierende Pflanzen erinnern an eine Märchen-Welt, deren Schönheit und Harmonie durch die vielfältigen Düfte noch intensiviert werden. Auch die Fauna zeugt von Größe, Majestät und überwältigender Harmonie. Edelste Tiere, die in der Welt der Menschen als natürliche Feinde gelten, begegnen uns hier im Land der Åsen in Eintracht nebeneinander existierend.

Als ein weißer Hirsch vor unseren Augen auf einen kräftigen Wolf trifft, der Hardy sofort an den Fenris-Wolf erinnert, verläuft dies lediglich unter vorsichtigem, gegenseitigem Beschnuppern, dem ein paar der üblichen Drohgebärden folgen. Dann laufen die Tiere nebeneinander zu einem Bach, trinken daraus und scheinen kurz eine Art stummes Zwiegespräch zu halten, bis jeder wieder seiner Wege geht.

Riesige Schmetterlinge von wahrlich unirdisch schöner Musterung flattern durch die frühlingslaue Luft, Blumen-Elfen ähnlicher als Insekten.

Rainer und ich laufen hinter Hartmuth und Freya einen gewundenen Pfad entlang. Er führt uns durch eine sanfte Hügellandschaft. Vorbei an bizarren Felsen, aus denen verschiedene Edelsteine von unterschiedlichem Reinheitsgrad hervorlugen, und plätschernden Bächen, in denen es von kleinen, bunten Fischen wimmelt, verläuft er in grober Richtung stets auf die hohen, schneebedeckten Berge zu, die unübersehbar im Hintergrund der Wunder-Landschaft thronen. Der Pfad ist über und über mit feinen, weißen Flusen bedeckt, die von seltsam geformten Bäumen herabfallen und im Schwebezustand wie Kristalle glitzern, was dem märchenhaften Eindruck einen ganz speziellen Anstrich verleiht. Eine Sonne, wie wir sie auf der Erde kennen, suchen wir vergeblich am azurblauen Himmel. Stattdessen gibt es mehrere Licht- und Wärmequellen unterschiedlichster Art, deren angenehme Strahlungs-Berührungen auf unseren Körpern immer wieder wohlige Schauer hinterlassen. Eine besonders faszinierende Lichtquelle entdecke ich schräg über dem Gipfel des höchsten Bergs in der Ferne. Sie wirkt wie ein gigantisches Licht-Schloss, dessen diamantenes Funkeln sich nach oben in der Unendlichkeit verliert.

Während ich das faszinierende Glitzern des fernen Gebäudes staunend betrachte, flüstert unser Mythen-Spezialist plötzlich: »Das ist bestimmt die Burg *Walaskialf*, von der aus Göttervater Wodan – oder Odin, wie man ihn im Norden nennt – die gesamte Welt überschauen kann. *Welten* müsste man sogar sagen. Es heißt nämlich, er könne alle Ebenen des Seins überblicken. Diese Gegend hier scheint daher *Gladsheim* zu sein. So sind wir also auf dem richtigen Weg.«

»Richtiger Weg? Woher willst du das wissen?«, frage ich und schüttle dabei meine langen Haare, dass die daran haftenden Glitzer-Flocken aus den seltsamen Bäumen nur so davon stieben.

Während Hartmuth einfach mit den Schultern zuckt, antwortet Rainer: »Wo soll es denn sonst hingehen? Loki sprach davon, dass wir in Walhalla erwartet werden, also sollte dieser Pfad auch …« Als Rainer mitten im Satz abbricht, bleibt unsere Gruppe abrupt stehen. Was plötzlich hinter einer Biegung des Pfades zwischen zwei kleinen Wäldchen hervorschaut, raubt uns schlichtweg den Atem. Es scheint auf den ersten Blick die uns wohlbekannte Regensburger Walhalla zu sein. Auf den zweiten Blick ist der Schauplatz unseres Besäufnisses aber ein Witz gegen dieses majestätische Gebäude aus Marmor und golden glühendem Bernstein, das in seinen Dimensionen sogar zu wachsen scheint, je länger wir es ehrfurchtsvoll betrachten. Mehrere große Adler kreisen wie Wächter über dem Palast, der nach allen Seiten offen ist.

»Ich glaube, wir sind noch immer komplett besoffen und erleben dies alles nur im Rauschkoma«, stöhnt Freya in ungläubiger Verwunderung. »Wirklich kann das auf keinen Fall sein.«

»Doch, das kann es und ist es«, belehrt sie Rainer, der schon wieder den künftigen Psychiater heraushängen lässt. »Ist dir nicht aufgefallen, dass wir schlagartig nüchtern wurden, als wir durch das Portal gegangen sind? Das hat uns in eine andere Existenz-Ebene geschleudert. Hier spielt unser Suff keine Rolle. Hier können wir auch gar nicht besoffen werden, denke ich. Streng wissenschaftlich betrachtet könnten wir sogar in jeder Ebene des Seins einen anderen Bewusstseins-Zustand haben. Also, in unserer Welt beispielsweise stockbesoffen, hier eben nüchtern, in der Unterwelt schwer depressiv, in der …«

»Hör auf damit!«, unterbreche ich ihn genervt und rüttle ihn am Arm. »Ich drehe noch durch, wenn du weiter von irgendwelchen Existenz-Ebenen plapperst. Sag mir lieber, was mit unseren Körpern passiert ist. Unsere richtigen Körper können das doch nicht sein. Sonst hätte Hardy den Sturz in die Hölle niemals überlebt!«

»Wenn ich es nicht überlebt hätte, dann nicht wegen eines falschen Körpers, sondern wegen Unaufrichtigkeit, geistiger Enge oder gar Mutlosigkeit«, fällt der Erwähnte ins Gespräch ein. »Was dort unten los war, könnt ihr euch nicht vorstellen. Meine Erzählung deckte nur die reinen Geschehnisse ab. Was in meinem Inneren passiert ist, kann nicht erzählt werden. Ich kam mir vor wie Herakles während seiner Prüfungen.«

»Unsere echten Körper liegen sicher noch auf den Stufen der irdischen Walhalla.« Rainer muss auch hier seinen akademischen Senf dazugeben. »Wenn wir dort wieder in unseren wahren Körpern aufwachen, werden wir diese Reise bestimmt nur als bizarren Massen-Traum empfinden. C. G. Jung, mein großes Vorbild, hat in mehreren Schriften sehr genau all diese archaischen Welten zu erörtern versucht, von denen wir hier in eine geraten sind. Alles halb so wild! Du hättest überhaupt nicht sterben können, Hartmuth. Nicht mal, wenn es dort unten hundert Höllenhunde gegeben hätte. Wissenschaftlich betrachtet ist das alles nur eine Art Fantasie, auch wenn es uns noch so real vorkommt.«

Kaum hat er seinen Satz vollendet, vernehmen wir von der Walhalla kommend ein höhnisches Lachen. Es ist so laut und durchdringend, dass wir alle erschrocken blass werden. Selbst Rainer.

»Mit Fantasien ist wohl auch nicht immer zu spaßen«, flüstert er betreten, bevor wir uns wieder in Bewegung setzen und auf den gewaltigen Säulen-Tempel zuwandern.

Je näher wir kommen, desto mehr scheint das unglaubliche Gebäude noch zu wachsen. Schon können wir die Muster der Bernstein-Einlagen sowie die an den Säulen wuchernden Efeu- und Blumenranken genau betrachten, wie auch ihre

Bewohner – zahllose, wunderschöne Singvögel. Wir kommen aus dem Staunen überhaupt nicht mehr heraus.

Als wir schließlich vor der großen Marmor-Treppe stehen, die – entsprechend dem Regensburger Nachbau – zur Halle hinaufführt, scheint das Bauwerk nahezu unendliche Dimensionen angenommen zu haben.

Aus dem Inneren dringen fröhliche Geräusche. Sie deuten auf eine Art festliches Mahl hin. Doch auch kurze Schreie und metallische Schlag-Geräusche dringen zu uns. Ein Kampf? Ein Spiel vielleicht?

Nahezu gleichzeitig sehen wir uns fragend an.

»Wollen wir es wagen?«, murmelt Freya und hebt die Augenbrauen.

»Klar! Warum sind wir sonst hier?«, entgegnet Rainer überschwänglich.

»Hm!«, kriege ich nur heraus. Hartmuth nicht einmal das. Seit seinen unfassbaren Kämpfen in Hel wirkt er sehr verändert. Nicht nur in seiner Gestalt – ohne seinen dicken Bauch, warum auch immer? –, sondern auch im Wesen. Er scheint mir eine große innere Reife durch die Erfahrungen in der Unterwelt entwickelt zu haben, die ihn geprägt haben. Seine Schultern hängen nicht mehr schlotterig herab. Er bewegt sich wie ein tapferer Mann. Selbstsicher und unerschrocken.

Werden wir uns alle so verändern?, frage ich mich, während wir die Stufen langsam hinaufgehen.

Endlich, nach langem Aufstieg – auch die Treppe schien stetig in die Länge zu wachsen –, gelangen wir auf die oberste Stufe. Dort tut sich uns eine Szene auf, die kaum eine germanische Heldensage hätte treffender beschreiben können.

Eine riesige, ovale, an einer Seite offene Festtafel füllt etwa zwei Drittel der immensen Halle aus. An ihr tummeln sich zum Teil seltsame Wesen. Götter, Menschen, Elben mit spitzen Ohren sowie zarte, nahezu filigrane Feen, deren Schönheit so umwerfend ist, dass mir der Mund staunend offen steht. Zwar bin ich selbst nicht die Hässlichste, doch wirke ich gegen diese feingliedrigen Feen wie ein grober Klotz.

Unser Erscheinen scheint niemand zu kümmern.

»Hallo!«, ruft Rainer daher in die Halle.

Ich verdrehe die Augen, stupse ihn an und frotzele: »Hättest gleich noch: *Ist da jemand?,* rufen sollen«, bevor wir feststellen müssen, dass das: »Hallo!«, ohne jede Erwiderung bleibt.

Erneut sehen wir uns fragend an, dann wagen wir es, langsam die Halle zu betreten.

In unserer Nähe kämpfen mehrere, stattlich gerüstete, menschliche Krieger mit Schwertern und Schilden miteinander. Sie scheinen den Kampf sehr ernst zu nehmen, obgleich es sich wohl um ein freundschaftliches Geplänkel handelt, weil sie zwischendurch lachen und scherzen in einer uns unbekannten Sprache.

In einem großen Bogen gehen wir um sie herum, um uns der Festtafel zu nähern, die ebenfalls diesem bereits beobachteten Größenwachstum zu unterliegen scheint. Je näher wir ihr kommen, desto weiter entfernt wirkt sie plötzlich und umso umfassender werden ihre Ausmaße.

Weiterhin aber beachtet uns niemand.

»Wo sollen wir eigentlich hin?«, fragt Rainer gar nicht mehr so motiviert. »Loki ist nirgends zu sehen.«

»Sieh mal, dieser Thron dort hinten!«, antworte ich. »Der könnte doch auf Wodan hinweisen. Der Mann zieht mich jedenfalls irgendwie richtig an mit seinen silbrig-blau schimmernden Haaren und dem Bart in derselben Farbe. Könnte er das nicht sein?«

Kaum habe ich ausgesprochen, winkt die majestätische Gestalt uns – wie zur Antwort – zu.

»Ich glaube, wir sollen näher treten!«, flüstere ich ganz benommen von der ungeheuerlichen Ausstrahlung der echten Walhalla.

»Treten ist gut!«, kommentiert Rainer grinsend. »Bis dorthin brauchen wir Stunden, wenn sich weiterhin alles derart vergrößert. Und wieso kümmert sich eigentlich keiner um uns? Wenn das hier richtige Götter wären, hätten sie uns auch entsprechend empfangen können!«

Die Reaktion auf Rainers Geplapper erschreckt uns alle.

Ein riesiges Etwas, das vom anderen Ende der ovalen Tafel auf uns zufliegt und unmittelbar vor Rainers Kopf plötzlich seinen Flug stoppt, lässt uns alle geschockt erstarren. Mein Freund ist sogar so erschrocken, dass ihm die Luft wegbleibt. Baff setzt er sich erstmal auf den Boden, lässt das ominöse Ding, das aussieht wie ein überdimensionierter Hammer mit sehr kurzem Stil, aber nicht aus den Augen.

Kaum dass sich Rainer zu Boden hat plumpsen lassen, kehrt der Hammer schon wieder zu seinem Besitzer zurück, der sich in der Zwischenzeit vom Sitz neben dem Thron erhoben hat und mürrisch zu uns herüberblickt.

»Heil dir, Thor, du göttlicher Krieger!«, ruft Hartmuth und hebt beide Hände in die Höhe. »Mein Freund wollte dich nicht beleidigen. Ich erbitte daher deine Verzeihung.«

Trotz der Entfernung kann ich ein Schmunzeln auf Thors Gesicht erkennen. Er nickt kurz und vollzieht dann eine ebenso einladende Handbewegung.

Seltsamerweise geht der Betrieb in der Halle dennoch einfach weiter. Die laute Entschuldigung hat für keine Unterbrechung der Kämpfe oder des Festschmauses gesorgt.

Ich helfe meinem Freund auf die Beine und flüstere: »Lass diese Dummheiten, Herr Psychiater in spe. Mit einem Kriegsgott ist nicht zu spaßen!«

Rainer sieht zwar aus wie ein Häufchen Elend, doch kann er seine pseudo-akademischen Eskapaden einfach nicht lassen. »Du nimmst das alles wirklich für bare Realität, was? Mensch, die alten Germanen und Wikinger haben sich mit Met abgefüllt, um diese Göttervisionen zu bekommen. Wir haben uns eben mit Bier und Schnaps zugedröhnt. Glaubst du im Ernst, wir benehmen uns nach dem Aufwachen aus dem Suff wie die alten Wikinger, nur weil wir ein mythisches Bauwerk betreten haben, zu dem es in unserem archaischen Bewusstseins-Pool genügend Resonanzen gibt? Träum weiter, Mädchen! Aus dem Alter von Video-Spielen und solchem Zeug bist du doch raus.«

Diesmal gibt es zwar keine Reaktion der Götter auf Rainers Lästern, doch meine Antwort schmeckt ihm ebenso wenig, denn er blickt etwas sauer drein, als ich meckere: »Du bist so blöde! Ich träume das hier gern weiter. Mir gefällt dieser Traum, wenn es denn einer ist. Alles hier ist so harmonisch und schön. Es strotzt vor Wahrhaftigkeit, Ehre und Mut. Unsere Welt sollte sich eine gehörige Scheibe hiervon abschneiden! Dort laufen doch alle nur ihren persönlichen Schein-Sicherheiten und egoistischen Idiotien hinterher.

Unsere Großkotz-Welt ödet mich an! Manchmal schäme ich mich, als Mensch geboren zu sein, auch wenn Hardy berichtet hat, dass die Begegnungen dort ganz tief unten das Menschsein als gnadenvoll bezeichnet haben.«

Rainer murmelt daraufhin etwas in seinen Bart, das klingt wie: »Du bist ja völlig durchgeknallt.« Dann wendet er sich ab und schüttelt nur noch den Kopf.

Träum du weiter, Herr Möchtegern-Psychiater!, denke ich mir noch, dann gehe ich einfach voraus, links an der Tafel vorbei, immer in Richtung des Thrones. Hinter mir folgt Hartmuth, dann kommt Freya, das Schlusslicht bildet Rainer, der offenbar stocksauer ist.

Sogleich wird die Szene absolut unwirklich. Die vielen anwesenden Gestalten, die miteinander reden und lachen, essen und trinken sowie sich immer wieder zu kleinen Trainings-Kämpfen treffen, müssen uns doch wahrnehmen! Wir werden aber von niemandem beachtet.

Nur Hardy blicken manche aufmerksam an.

Spüren sie etwa, dass er seine Prüfung bereits bestanden hat?

Langsam nähern wir uns dem Ende der massiven Tafel. Dieses lustige und doch in sich stimmige Treiben der anwesenden Götter und sonstigen Teilnehmer an Wodans Mahl! Wir sind ganz und gar überwältigt davon. Manch einen verlangenden Blick habe ich zudem bereits den köstlich anmutenden Speisen und Getränken zugeworfen, doch wage ich nicht, mir etwas zu nehmen oder auch nur danach zu fragen. Zu sehr sitzen die Erinnerungen an Hartmuths Bericht vom Fluss des Vergessens und der Durst-Prüfung in meinem Gedächtnis.

Eine Gauklergruppe taucht plötzlich neben dem Thron des Göttervaters auf. Sie ist, wie es scheint, einem arabischen Zirkus entsprungen. Die braun gebrannte Haut der Menschen, der Schnitt ihrer Bärte sowie die Gesichtsform sprechen eine eindeutige Sprache. Sie bieten den Anwesenden eine Unterhaltung aus Feuerspeien und kunstvollen Ballspielen.

Kommen Moslems auch nach Walhalla? Hat man im dortigen Kultur- und Religionsbereich nicht eigene Vorstellungen eines Pantheons beziehungsweise des Geschehens nach dem irdischen Tode?, frage ich mich sogleich.

Wie zur Antwort beginnt eine wunderschöne Frau aus der Gauklergruppe, die wie eine sehr erotisierende Bauchtänzerin gekleidet ist, ein Lied anzustimmen. Offenbar auf Arabisch, denn die Sprache verstehe ich nicht. Dennoch erkenne ich seltsamerweise die Bedeutung der Worte im Einklang mit der Musik der begleitenden Ukulele.

Der Sinn des Liedes beantwortet akkurat meine mir selbst gestellten Fragen.

»Hört, ihr Leute, lasst euch sagen,
stellt euch keine dummen Fragen.
Nicht braun, nicht schwarz, nicht weiß, nicht gelb,
zählt hier unter Odins Zelt,
sondern nur die tapf're Tat
legte jene hehre Saat,
deren Aufgang es bewirkt,
dass Walhalla euch nun birgt.
Ob der Mut, die Kampfes-Kraft,
im früh'ren Leben ward geschafft
oder erst sich zeigen muss,
in hoher Prüfung, Kopf bis Fuß,

das, ihr Leut', spielt keine Roll',
denn ewiglich sich zeigen soll
des Menschen wahre Geistes-Pracht,
die in Midgård ward verlacht.
Nicht nur der Krieger auf dem Feld
in diesen Hallen Gunst erhält,
sondern auch der wahre Narr,
dessen Seel' im Lichte war.
Wahrhaftigkeit und Liebes-Macht
sind das Licht in finst'rer Nacht.
Durch leuchtend Herz und weiten Geist
wird Walhalla nie verwaist.
All diese Menschen, rein und wahr,
die das Licht des Bär gebar,
sind hier willkommen jederzeit,
und dürfen bleiben, ohne Neid.«

Die Sängerin verstummt und verneigt sich vor Wodan, der die rechte Hand zur Segnung hebt und dankbar lächelt. Dann bringt der Musikant ein Abschluss-Solo und die Feuer-Akrobaten entlassen eine große Flamme in die Luft, bevor sich die Gaukler respektvoll verneigen und sich wieder zurückziehen.

Wir vier sind in der Zwischenzeit an Wodan herangekommen. Aufmerksam scheint er uns zu mustern.

Aber warum hat er nur ein Auge?, durchfährt es mich erschrocken.

Stocksteif und irgendwie unbeholfen stehen wir da. Wir fühlen seine Art Röntgen-Blick auf uns ruhen, der uns noch tiefer durchdringt, als es der Torbogen am Ende von Bifröst zu tun vermochte. Freya hat dort in Worte gefasst, was wir alle wohl gefühlt haben.

Was für eine edle Gestalt Wodan ist. Welch Weisheit, welch Aufrichtigkeit er ausstrahlt.

Dieses hehre Wesen haben wir in den Wust der bloßen Sagen verbannt? Stattdessen haben wir tatsächlich das Geld und den Durst nach Beachtung zu Gottheiten erhoben? Statt der hier empfundenen Wahrhaftigkeit wurde in unserer Welt die Lüge und die Entstellung allen lebenswerten Lebens zum Alltags-Empfinden gemacht.

Wodan scheint meine Gedanken zu spüren. Er lächelt mich an, winkt mich zu sich, sieht mich mit seinem Auge nochmals durchleuchtend an und sagt: »Sieh an, sieh an, ein Menschenweib, das sich nach Aufrichtigkeit und Wahrhaftigkeit sehnt. Ich freue mich, dass du zu mir gekommen bist.« Er lässt seinen Blick über die anderen schweifen und fährt fort: »Auch über euch freue ich mich! Aber über diese hier besonders.«

Die Gespräche im Saal verstummen, als der Herrscher mit beiden Händen auf mich weist und meint: »Ihr blondes Haar leuchtet so gülden wie der Bernstein im Lichte der ewigen Sonne. Doch hat sie auch ein so golden strahlendes Herz? Wir werden es prüfen müssen, um diese Frage zu beantworten. Denn wisse, Anna, mein eigenes Gesetz habe ich gewendet, um euch vier Kameraden an meiner Tafel empfangen zu können. Dennoch bleibt keinem von euch eine Prüfung erspart. Als Held nämlich muss ein jeder sich bewährt haben, der meine Gestade erreicht.«

Zustimmendes Gemurmel ertönt aus allen Richtungen.

Ich wage kaum, meine Stimme zu erheben, als ich zaghaft sage: »Auch ich freue mich, Wodan, Oberster der Åsen, dass mir die Gunst gewährt wurde, hier zu erscheinen, trotz meiner unehrenhaften Vergangenheit und meiner jugendlichen Unreife.«

Man hätte eine Stecknadel fallen hören können, so still wurde es während meiner kurzen, schüchternen Rede im Saal.

Der Göttervater nickt anerkennend, bevor er erwidert: »Deine eigenen Worte sind es, die deine Aussage bereits widerlegen. Wisse, wer selbst seine Unreife erkennt, der befindet sich längst auf dem Pfade der Reife. Und wer sein früheres Verhalten als unehrenhaft begreift, der hat schon so viel wahre Ehre im Herzen, dass er den deutlichen Unterschied zur Unehre spürt.«

Ich bemerke, wie ich feuerrot anlaufe und blicke zu Boden. Tränen sammeln sich in meinen Augen. Tränen der Rührung und Freude. Dann deutet Wodan auf Hartmuth, lässt ihn näher treten und segnet ihn mit den Worten: »Dieser hier hat bereits die Wahrhaftigkeit eines Helden unter Beweis gestellt. Hel ließ mich wissen, dass er als erstes menschliches Wesen meinen Widersacher, den Fenris-Wolf, besiegt hat und es sogar wagte, seine Essenz zu assimilieren. Darüber hinaus hat er die gewaltige Welten-Schlange vom Splitter des Verderbens geheilt und den Atem von Nidhöggr inhaliert, ohne zu Staub zerfallen zu sein. Heil dir, Hartmuth, der du deinen Namen zurecht trägst!«

Alle im Saal rufen einstimmig: »Heil dir, Hartmuth! Willkommen in Walhalla!«

Besonders laut macht sich ein kräftiger, wild aussehender Krieger bemerkbar. Sichtlich kein Mensch, aber einer der Åsen. Er sitzt nicht an der Tafel, sondern steht etwas abseits zwischen den gigantischen, efeuumrankten Säulen, der nach allen Seiten offenen Halle. Er ist wie ein Waldschrat gekleidet, hat Pfeil und Bogen umhängen und trägt zwei massive Lederstiefel. Es ist Vidar, der während der letzten Ragnarök als einziger Åse den Wolf zu besiegen vermochte. Anerkennend klatscht der Hüne in die Hände.

Hartmuth wirkt in diesem Moment tatsächlich wie einer der hier übenden Kämpfer. Stark, edel und mutig erklärt er: »Ich danke Euch, hehrer Åsenkönig, für diese Worte! Möge mein erworbener Mut mich nicht verlassen, wenn ich nach Midgård zurückkehren darf und dort versuchen werde, die Werte der Wahrheit wieder zu verbreiten.«

Diesmal klatschen alle Anwesenden. Thor, der riesige, rotbärtige Hüne neben Wodan, springt sogar auf und ruft: »Heil und Segen, Hartmuth, das sind die Worte eines wahren Kriegers. Worte, die ich als Kriegsgott so lange vermisst habe!«

Hartmuth wird daraufhin ein Platz an der Tafel zugewiesen.

Dann wendet der Göttervater sich an Freya und Rainer: »Ihr werdet eure Aufgabe später erhalten. Bleibt so lange neben der Tafel stehen, denn ihr dürft euch leider noch nicht setzen.«

»Den hier werde ich persönlich prüfen, Vater!«, schaltet Thor sich ein, wobei er auf Rainer zeigt und mit der anderen Hand bedeutungsvoll seinen Hammer schwingt. Der gesamte Fest-Saal grölt auf, während mein Rainer fast im Erdboden versunken wäre vor Schüchternheit und Scham. Ob er immer noch glaubt, dass er sich in einem Traum befindet?

Wodan schmunzelt über Thors Ankündigung und sagt: »So sei es! Aber später erst, jetzt beschäftigen wir uns mit dieser hier.« Er deutet auf mich und fügt hinzu: »Diese Anna, die ihren Namen wahrlich zurecht trägt, werde ich persönlich prüfen! Ihr Name bedeutet Anmut. Es ist der Name der Schönheit und des Liebreizes. Das aber ist bekannt. Die Prüfung, die ihr auferlegt werden wird, wird sie nur durch geschickten Einsatz dieser Attribute bestehen, doch nicht im irdischen Sinne – davor mögen die Nornen sie bewahren –, sondern im Sinne der Wahrhaftigkeit.«

Ein Raunen geht durch den Saal. Offenbar geschieht es nicht oft, dass der Chef persönlich eine Prüfung durchführt.

Sichtlich aber scheine ich es ihm angetan zu haben. Tief und verehrend blickt er mich an. Voll väterlicher Liebe.

Väterliche Liebe? Warum hat mich mein eigener Vater nie so angesehen? Wie sehr hätte ich mich danach gesehnt!

»Versuche dieses Problem nicht jetzt zu ergründen. Die Wahrheit wird sich dir noch zur rechten Zeit offenbaren«, unterbricht Wodan meine Gedanken, die ihm natürlich nicht verborgen bleiben. Dann fährt er fort: »Anna, blicke mir ins Gesicht. Welchen Makel erkennst du?«

»Euch fehlt ein Auge, Vater!«, antworte ich.

Warum habe ich ihn Vater genannt? Ich schäme mich. Mein dummer Vaterkomplex!

»Richtig«, antwortet er, ohne auf den *Vater* einzugehen. »Aber weißt du auch, wo es geblieben ist, dieses Auge?«

Stumm schüttle ich den Kopf, während er bereits weiter erläutert: »Ich musste es dem Riesen Mimir übergeben, der den gleichnamigen Brunnen hütet. In ihm sprudelt eine der drei Quellen am Fuße Yggdrasils. Es ist der Brunnen der Weisheit. Manchmal quillt Wasser aus ihm. Manchmal Met. Immer jedoch die hohe Weisheit.«

In einer Vision sehe ich eine hell sprudelnde Quelle. Sie ist ganz anders als die mythische, dunkle Urd-Quelle – der Sitz der Nornen –, die Loki erwähnt hatte. Ganz anders auch als die Niflheim-Quelle, Hvergelmir.

»Tochter der Anmut«, sagt Wodan freundlich. »Warum habe ich mein Auge als Pfand dort gelassen?«

Ich schließe kurz die Augen. In diesem Moment sehe ich das Gesicht des Göttervaters mit einem einzigen Auge, das mitten auf meiner Stirn zu prangen scheint.

Da fällt auch schon der Groschen!

Das dritte Auge – das allsehende Auge genannt, im Stirn-Energie-Knoten des Menschen – wird auch der Sitz der hellseherischen Fähigkeiten genannt. Das Auge der Welten. Das Auge der Weisheit.

Ich blicke Wodan ebenso freundlich an und antworte: »Hoher Göttervater, Euer Stand erforderte, dass Ihr allsehend seid. Hellsichtig für die Belange der Götter und Menschen gar. Ihr strebtet nach innerem Sehen, so gabt Ihr einen Teil des äußeren Sehens auf, um dadurch die Weisheit und Macht des inneren Sehens zu erlangen. Das dürfte die Bedeutung dieses Opfers sein.«

Wieder hätte man eine Stecknadel fallen hören können.

Große, verwundert dreinsehende Augen blicken mich aus allen Richtungen an. Sogar der grobschlächtige Thor starrt mich mit offenem Munde an, als wäre ich das achte Weltwunder der Antike.

Da beginnt Wodan, unter anerkennendem Kopfnicken in die Hände zu klatschen. Alle Anwesenden im Saal tun es ihm gleich.

»Das war gar nicht so schwer zu erraten«, hauche ich leise vor mich hin. Wodan scheint es trotzdem gehört zu haben.

»Tochter der Anmut«, wiederholt er daraufhin nämlich. »Für ein blühendes Herz wie das Deine war es vielleicht nicht schwer. Wir sind in den letzten Jahrzehnten, ja Jahrhunderten, von den Menschen aber keine Geistigkeit mehr gewohnt. Du hast die Antwort ja nicht erraten. Dein Herz und dein wacher Geist fanden die Wahrheit. Ich fühle immer mehr, dass meine Entscheidung richtig war, euch alle in die Halle der Helden zu holen, wo ihr jungen Menschen uns altes Åsen-Geschlecht in Staunen versetzt. Ja, es ist wahr, was du sagst. Das Auge war mein Pfand an Mimir, um Hellsicht und Weisheit aus seinem Brunnen schöpfen zu dürfen. Vernehme daher deine eigentliche Aufgabe, Anna, die du von nun an auf allen deinen Pfaden mit meinem Segen rechnen kannst. Begebe dich zu den Wurzeln Yggdrasils und hole mir mein Auge zurück. Wie du es von Mimir zurückgewinnen willst, überlasse ich dir und deiner anmutigen Weisheit, die die richtige Entscheidung im richtigen Moment treffen wird.«

Während ich noch über die seltsame Aufgabe nachdenke, die sicherlich irgendeine tiefere Bedeutung hat, ruft Rainer, der im Hintergrund stehend alles mitgehört hat, aufgeregt in den Saal: »Das kann sie niemals schaffen! Wie soll sie denn dort hinkommen? Ich lasse sie doch nicht alleine zu einem Riesen. Nicht mal im Traum!«

Während die Götter und Krieger an der Tafel wieder schallend zu lachen beginnen, springt Thor vom Sitz auf und schwingt drohend erneut seinen Hammer.

Hinter Wodans Thron springen daraufhin zwei große Wölfe hervor. Zähne fletschend und knurrend laufen sie auf Rainer zu, bis Wodan sie mit einem scharfen: »Freiki, Geiri, hier!«, wieder zurückruft. Es reicht, um meinen Freund sofort verstummen zu lassen. Betreten blickt er zu Boden. Mit Thor will er sich auch nicht schon wieder anlegen, zumal *er* es ist, der ihn bald prüfen wird. Außerdem hat er vor allem Hundeähnlichem Angst. Von den Haus-Wölfen des Göttervaters angeknurrt zu werden, ist zudem echt heftig.

Ob er endlich bemerkt hat, dass es sich hier nicht um eine Alkohol-Halluzination handelt?

Wir werden sehen!

Trotzdem rechne ich ihm hoch an, dass er mich schützen wollte, obwohl seine Worte nur für weitere Lacher sorgten.

Nachdem sich die allgemeine Heiterkeit – sowie Thors Zorn – wieder gelegt hat, bestätige ich: »Ja, hoher Herr, das will ich gerne tun. Aber sagt mir bitte, wo soll ich denn danach suchen?«

»Meine Raben, Hugin und Munin, werden dir den Weg weisen. Setze deine Anmut sodann bei Mimir ein, um mehr zu erfahren.« Mit diesen Worten vollführt er eine Bewegung, die zwei Raben aus einer der vielen Efeuranken hervorlockt.

Auch diese scheinen sich beim Näherkommen massiv zu vergrößern.

Einer lässt sich sogleich auf meiner rechten Schulter nieder, der andere auf meiner linken, dann krallen sich beide im Stoff meiner Jacke fest, schlagen kräftig mit den Flügeln, krächzen dreimal – und heben mit mir ab, um mich aus Walhalla hinauszufliegen.

Ich wundere mich zwar kurz, wie selbstverständlich ich die Tatsache hinnehme, von zwei großen Raben über die Landschaft von Åsgård getragen zu werden, tatsächlich aber registriere ich in diesem Augenblick auch, wie normal solch ein unglaublicher Vorgang für meine Wahrnehmung schon geworden ist.

Es fühlt sich an, als ob ich seit langer Zeit ein – zunächst unbewusster, dann bewusster – Teil dieser Existenz-Ebene gewesen wäre. Was in gewisser Hinsicht auch zutreffen mag.

Nur nebenher bemerke ich, dass die Raben direkt auf die Berge zusteuern, hinter denen – in die Unendlichkeit ragend – der obere Teil der Welten-Esche zu sehen ist: Yggdrasil in seiner ganzen Macht.

Am Mimir-Brunnen

Rainer erzählt:

Als meine Freundin von den Raben weggetragen wird, bin ich wie vor den Kopf gestoßen. Kann das alles wirklich ein total verrückter Alkohol-Rausch sein? Was wir hier erleben, sprengt den Rahmen des Fassbaren.

In diesem Moment brennt irgendwo tief in mir eine Sicherung durch. Mein gradliniger Verstand, der nur gelten lassen möchte, was logisch erklärbar ist, fühlt sich in seiner Inthronisation bedroht, denn er merkt, dass hier etwas geschieht, das jeglicher Logik widerspricht.

Eine Halluzination – vom Alkohol ausgelöst – ist ja schön und gut, aber dieses Szenario geht meinem Denkapparat einfach zu weit. »Das ist doch Unsinn hier!«, rufe ich in die Halle. »Traum-Gestalten seid ihr! Meinem Wahn im Suff entsprungen. Wenn der vorüber ist, bin ich wieder nüchtern, aber ihr alle löst euch auf. Dann hat es sich was mit Hammer, du Rotbart!« Ganz bewusst greife ich mit diesen Worten den *angeblichen* Kriegsgott an, der mich mit seinem Hammer-Trick gehörig erschreckt hat.

Mal sehen, wie eine Halluzination auf Herausforderung reagiert!, denke ich schmunzelnd und stelle mich breitbeinig neben die Tafel.

»Nicht!«, flüstert Freya neben mir und versucht, mich zu besänftigen. Der bereits am Tisch sitzende Hartmuth hebt beide Hände und schüttelt bedächtig den Kopf. Auch er will mich zur Raison bringen.

Mit zusammengekniffenen Augen beobachte ich den rotbärtigen Hünen.

Wird er aufspringen, mir im Traume den Schädel einschlagen, damit ich vielleicht wieder aufwache und die Morgendämmerung auf den Stufen der Walhalla erlebe?

Auch jetzt hätte man, wie bereits vorhin schon zwei Mal, wieder die berühmte Stecknadel fallen hören können.

Thor erhebt sich tatsächlich – jedoch nicht cholerisch-wütend, wie erwartet, sondern bedächtig, aber mit strengem Blick. Er flüstert seinem Vater etwas ins Ohr, dann tritt er auf mich zu.

Als er vor mir steht, scheint er doppelt so groß zu sein. Seine Augen glühen regelrecht, als er mit kraftvollem Bass kontert: »Sieh an, ein kleiner Mensch hält mich für eine Fantasie-Gestalt.« Er packt mich am Kragen, hebt mich wie eine Puppe auf Augenhöhe und brüllt mir ins Gesicht: »Vom Suff redet er, dieser kleine Mensch. Will mich gar herausfordern! Weißt du überhaupt, was saufen bedeutet, du Wicht? Wenn du mit mir auf einem Niveau kommunizieren willst, zeige erst einmal, dass du ein Mann bist. Heißt es bei euresgleichen nicht immer: *Wer nicht saufen kann, der ist kein Mann?* Zeige mir also, dass du Manns genug bist, um mit einem angeblichen Trugbild um die Wette zu trinken.« Dann lässt er mich einfach fallen.

Hart schlage ich auf dem Boden auf.

Seltsam! Es passiert im Traum nie, dass es richtig weh tut!

Thor aber lässt mich einfach liegen, schlendert zurück zu seinem Platz – wobei er seltsamerweise wieder zu schrumpfen scheint – und greift nach einem großen Trinkgefäß aus

Eichenholz, das er aus einem hinter der Tafel bereitstehenden Fass mit einer Flüssigkeit füllt.

Ich habe mich inzwischen wieder aufgerappelt und warte gespannt auf die Fortsetzung meines Traums.

Wie erwartet, tritt Thor erneut auf mich zu. Und wieder erlebe ich dieses Phänomen, dass er – wie auch besonders nun der hölzerne Krug – immer größer wird, je näher er mir kommt. Dann hält er mir das inzwischen riesig gewordene Behältnis entgegen und ruft: »So, Jungchen, leere das hier auf einen Zug! Wenn du das schaffst, sehen wir weiter!«

Als ich danach greife, lässt er den Humpen los, der mir vom Bauch bis zum Kopf ragt. Ich kann ihn aber für keine Sekunde halten. Mitsamt dem Krug falle ich um. Der Met – oder was sich darin befunden hat – ergießt sich über mich. Pudelnass stehe ich auf und will mich, wütend geworden, über diese Vorgehensweise beschweren. Doch ich komme nicht zu Wort.

Der ganze Saal bricht in lautes Gelächter aus.

Thor jedoch bleibt seelenruhig, während er den Humpen aufhebt, ihn erneut befüllt und ihn mir mit den Worten: »Nochmal, Kleiner!«, hinhält. »Du denkst doch, dass alles hier nur ein Traum ist. Dann träume einfach, dass du den Krug halten und leeren kannst. Streng dich an! Du willst mich doch herausfordern, oder? Also tu auch was dafür, wenn du mir ebenbürtig sein willst!«

Seltsamerweise klingen seine Worte gar nicht spöttisch. Eher wie ein Hinweis.

Ihn ernst nehmend, packe ich den riesigen Humpen, wobei ich mir vorstelle, dass meine Kraft ausreicht, um ihn zu halten, wie Thor mir geraten hat.

Tatsächlich klappt es! Mit Mühe und Not zwar, denn ich kann ihn gerade so halten, aber es klappt. Da ich mit meinem Mund direkt an den Rand reiche, kippe ich das Gefäß nur ein wenig und beginne zu trinken.

Das schmeckt aber gut, durchfährt es mich. Dann trinke ich und trinke. Wohlige Schauer laufen mir dabei über den Rücken. Genießend schließe ich die Augen. Als ich sie wieder öffne, scheint der Krug kleiner geworden zu sein. Thor ebenfalls.

Nein! Ich selbst bin größer geworden. Ich erkenne es an den anderen Anwesenden.

Das gibt's doch nicht! Also doch ein Traum?

Trotzdem trinke ich weiter. Wäre doch gelacht, wenn ich diesen aufgeblasenen Kriegsgott nicht in Körpergröße, Mut und Kampfkraft übertreffen könnte!

Was für ein Traum! Ein Trank, der einen wachsen lässt!

Immer noch trinke ich und trinke. Bis ich das Gefühl habe, dass mit der Magen platzt. Aber ich wachse noch immer mit jedem Schluck, weshalb der Krug immer kleiner wird und der Inhalt somit auch immer weniger.

Mein Blick fällt plötzlich auf Hartmuth. Er hat sich von seinem Platz erhoben und betrachtet mich staunend. Dann tut er es den Helden und Göttern im Saal gleich und feuert mich lauthals an. »Trink! Trink! Trink! Trink!«, hallt es im Chor und in gleichbleibendem Rhythmus durch den Saal.

Tatsächlich habe ich noch kein einziges Mal abgesetzt.

Ha, ha!, grinse ich in mich hinein. *Gut geübt auf den Stufen der Walhalla. Na, diese Möchtegern-Götter werden Augen machen, wenn ich ihren Krug wirklich in einem Zug leere.*

Angespornt vom Chor der Anfeuernden trinke ich und trinke ich und trinke ich, bis der letzte Rest aus dem nun wahrlich kleinen Humpen verschwunden ist.

Kleiner Humpen?

Schlagartig wird mir bewusst, was sich hier ereignet hat, während ich gänzlich auf meine Trink-Probe fixiert war. Mein körperliches Wachstum hat sich derart beschleunigt, dass ich nun tatsächlich genauso groß bin wie Thor. Auch der zuvor riesige Humpen wirkt daher nur noch wie ein Becher in meiner Hand.

Der tosende Applaus der Anwesenden lässt mich schmunzeln, während ich den Krug auf die Eichenholz-Tafel knalle.

»Leer!«, rufe ich laut aus, bevor Thor mir seine Hand kraftvoll auf die Schulter legt. Mit einer Mischung aus ungläubigem Staunen und Respekt blickt er mich an und lobt: »Ich hätte nicht gedacht, dass du das schaffst. Aber siehst du, Erdenmensch, jetzt kann ein Gespräch auf Augenhöhe stattfinden. Und? Spürst du die Wirkung des Göttertrunks?«

Ich versuche mich auf das zu konzentrieren, was ich gerade fühle. Dann antworte ich: »Ja, es kribbelt im ganzen Körper. Das sind offenbar die Nachwirkungen des Wachsens. Im Herzen verspüre ich gewaltigen Tatendrang und großen Mut. Betrunken fühle ich mich aber nicht. Der Trank hat eine ganz andere Wirkung als unsere Rauschgetränke. Am liebsten würde ich dich sofort zum Zweikampf herausfordern, so wohl fühle ich mich gerade!«

Thor lacht herzlich – aber schallend –, klopft mir auf die Schulter und erwidert: »So ist's recht! Das lobe ich mir. Nun, deine Prüfung soll eine Herausforderung werden. Du wirst tatsächlich gegen mich zum Zweikampf antreten. Hier in Walhalla! Vor den Augen Wodans und aller anderen. Damit aber warten wir, bis eure Gefährtinnen ihre Prüfungen hinter sich haben. Unser Kampf wird der krönende Abschluss sein. Dann werden wir euch auch endlich mitteilen, warum wir euch zu uns geholt haben. Loki hat sicher schon Andeutungen gemacht, aber das Wissen um die ganze Aufgabe müsst ihr euch erst verdienen.«

»Und wenn wir die Prüfungen nicht schaffen? Was, wenn ich dir unterliege?«

Erneut lacht Thor lauthals auf. Viele der an der Tafel Sitzenden stimmen mit ein. »Niemand!«, beginnt er zu erklären und grinst mich an. »Absolut niemand kann mich im Kampf besiegen, denn ich bin Thor, der Herr aller Kriegskünste. Ich kenne alle Techniken und habe sie in den vergangenen Jahrtausenden perfektioniert. Du wirst mir auf alle Fälle unterliegen! Die Prüfung zielt einzig und allein darauf ab, deinen Mut und deine Tapferkeit genauestens unter die Lupe zu nehmen. Dein aufrechtes Herz und deine Wahrheitsliebe ebenso. Falls aber nur einer von euch versagen sollte, werdet ihr in Midgård wieder aufwachen und euch an nichts erinnern. Euer Abschieds-Trunk wird aus dem Fluss des Vergessens stammen, aus dem Hartmuth fast schon getrunken hätte. Wenn ihr euren Wert jedoch beweisen könnt und Loki – dem alten Gauner – somit recht gebt, der alles eingefädelt hat, dann werden wir euch zwar ebenfalls nach Midgård zurücksenden, allerdings in vollem Bewusstsein des Erlebten und ausgestattet mit gehöriger Willenskraft und Zähigkeit. Dann werdet ihr selbst wissen, was auf Erden zu tun sein wird!«

Daraufhin erhebt sich der Göttervater. Er vollführt eine Geste, die Schweigen gebietet. »Du, Rainer, und auch du,

Freya, mögt an der Tafel neben eurem Freund Platz nehmen«, verkündet er würdevoll. »Ich fühle, dass ihr aufrechte Menschen seid. Die Prüfungen werden für euch eher spannende Abenteuer denn schwierige Tests werden. Seid euch aber sowohl der Gnade bewusst, die euch hier zuteilwird, als auch der großen Verantwortung, die ihr vielleicht auf euch nehmen werdet, wenn ihr wieder zurückkehrt.«

Thor führt mich daraufhin zu einem freien Platz neben Hardy und fragt: »Glaubst du immer noch, dass es ein Traum ist, den du hier erlebst? Oder fühlst du die Wirklichkeit des Åsen-Reichs bereits durch deine Adern fließen?«

Ich muss ihm die Antwort schuldig bleiben. Mein Herz nämlich sagt mir, dass das alles tatsächlich geschieht. Mein zweifelnder Verstand aber mag es noch nicht akzeptieren, zumal sich meine Körpergröße auch plötzlich wieder reduziert hat, sodass ich meine Freunde nicht mehr überrage.

Nachdem wir uns gesetzt haben, scheint der normale Betrieb in Wodans Halle einfach weiterzulaufen. Die Götter und Krieger essen, trinken und unterhalten sich, während wir uns nun auch von den aufgetischten Köstlichkeiten nehmen.

»Was Anna wohl gerade erlebt?«, fragt Freya plötzlich, die ebenfalls neben Hardy am Tisch sitzt und dessen liebevolle Berührung genießt.

»Wir werden sehen!«, gebe ich zurück. »Sicherlich etwas, das zu ihrem Wesen, von dem Wodan so fasziniert war, passt. Man hätte fast eifersüchtig werden können bei all den Komplimenten.«

»Eifersüchtig auf eine Traum-Figur?«, frotzelt Hardy sarkastisch. »Oder hast du deine Meinung diesbezüglich geändert?«

Mehr als ein unschlüssiges Schulterzucken kann ich darauf jedoch nicht erwidern.

***

Anna berichtet:

Raben sind doch keine Düsenflugzeuge! Der wilde Flug von Hugin und Munin, die mich immer höher und weiter tragen, kommt mir jedoch genauso schnell vor. Immer rascher fliegen sie mich dem alles überragenden Yggdrasil entgegen.

Nach kurzer Zeit erreichen wir die hohen Berggipfel, doch die Welten-Esche scheint immer noch sehr weit entfernt zu sein.

»Wann kommen wir denn an?«, frage ich einen der Raben.

Er scheint sich entweder nicht mit einem Menschen verständigen zu können oder keine Lust zu haben, mir zu antworten. Mehr als das typische Krächzen gibt er nicht von sich.

Wir fliegen also weiter und immer weiter. Dennoch kommt es mir vor, als ob wir dieser ins Universum reichenden Esche nicht näher kommen. Oder ist sie gar so weit entfernt, dass die bereits zurückgelegte Strecke noch keine Rolle spielt? Ist sie überhaupt von uns entfernt im mathematischen Sinne? Also nicht entfernt in Kilometern, sondern entfernt im Geiste?

Da krächzt einer der Raben plötzlich gut verständlich: »Du hast es erfasst! Wir können dich nämlich nur hinbringen, wenn du das Wesen von Yggdrasil begriffen hast.«

»Sonst bleibt das sichtbare Bildnis des Baums nur ein Symbol«, krächzt der andere. »Wir könnten eine Million

Jahre fliegen und würden nicht ankommen. Halt dich also ran! Wir haben keine Lust, so lange in der Luft zu sein.«

»Danke für den Hinweis, ihr beiden!«, antworte ich schmunzelnd. »Ich werde mir Mühe geben, das Rätsel zu lösen.«

Dann beginne ich, meine Intuition spielen zu lassen und verbinde das wenige Wissen, das ich von Hartmuth habe, mit meinen sprachlichen Kenntnissen und der mir eigenen Kombinationsgabe.

YGG ist dem norwegischen *jeg*, was *ich* bedeutet, ähnlich. *DRA* könnte mit tragen zu tun haben. *SIL* klingt in meinen Ohren nach Ziel.

»Ja, das macht Sinn!«, rufe ich laut, sodass die Raben es hören können. »Yggdrasil bedeutet in etwa: *Ich trage ans Ziel*. Vielleicht trägt die Esche die gesamte Erde ans Ziel. Vielleicht trägt Yggdrasil den Menschen ans Ziel. Die Wurzeln des Baumes sind doch fest verankert in den Tiefen der Unterwelt. Der Stamm durchdringt Midgård, geht auch durch Åsgård, doch die Krone scheint in die höchsten Höhen des Seins hinaufzureichen. Yggdrasil steht also für den Entwicklungsweg des Menschen und drückt seine Eigenschaft als Welten-Wanderer aus. Besser noch, dass er Anteil an allen Welten des Seins hat, ohne sich dessen bewusst zu sein.«

»Bravo!«, krächzen Hugin und Munin gleichzeitig. Im selben Moment registriere ich, dass wir an der Welten-Esche bereits angekommen sind. In Nullzeit quasi. Von einem Moment auf den anderen. Wie durch ein Portal hat die Erkenntnis des Phänomens die Suchende zum Objekt der Suche geführt.

»Tschüss!«, vernehme ich daraufhin den Abschiedsgruß der beiden Raben, die mich plötzlich einfach fallen lassen.

Erschrocken stürze ich ins Nichts.

Genauso muss sich Hardy gefühlt haben, als er von der Brücke geweht wurde, schießt es mir noch durch den Kopf, bevor die im freien Fall eingetretene Schwerelosigkeit mir Übelkeit verursacht. Jegliche Orientierung ist mir zudem abhandengekommen.

Mein Gott, hoffentlich gelten in dieser Existenz-Ebene wirklich andere Gesetze als in der Menschenwelt. Sonst könnte ich diesen Sturz niemals überleben, dreht es sich in mir, während ich weiter senkrecht nach unten falle. Immer weiter und weiter.

Je länger ich falle, desto finsterer wird es um mich herum. Doch vernehme ich ein stetiges, ungeheuerliches Brausen, als ob alle Orkane des Universums hier ein Stelldichein geben würden. Es ist unheimlich, aber nicht wirklich angsteinflößend, weil dieser Fall mich ja ans Ziel tragen wird. Zu den Wurzeln Yggdrasils, dem tiefsten Unbewussten.

Das hoffe ich zumindest.

Und hoffentlich bekommt der Wächter-Riese keinen Herzinfarkt, wenn ich ihm plötzlich vor die Füße plumpse!

Die Zeit vergeht. Ich falle immer noch. Ich muss doch längst Lichtgeschwindigkeit erreicht haben.

Da wird es plötzlich wieder heller. Mein Sturz verlangsamt sich. Und ich falle sanft wie ein Blatt durch wildes Wurzelwerk hindurch, bis ich ganz weich auf einem Rasen zum Liegen komme.

Noch nicht fähig, mich zu orientieren, vernehme ich schon die kräftige, tiefe Stimme des Riesen: »Ja, was haben wir denn da? Habt ihr Menschen denn gar keine Zeit mehr, auf normalem Wege hierherzukommen? Lasst ihr euch schon kreuz und quer durch die Ebenen fallen? Unfassbar! Irgendwann baut ihr euch noch allerlei Portale und stellt eines hier auf, damit ganze Touristenströme das Wasser meines Brunnens kosten können. Ohne mich! Da mache ich nicht mit!«

Als der Redeschwall des Riesen abbricht, stehe ich auf und versuche, mich zu orientieren. Ich befinde mich auf einer großen Wiese, die sich direkt vor dem gigantischen Wurzelwerk des Welten-Baums ausgebreitet hat. Schön ist sie. Lieblich anzusehen. Und voller Blumen. Hier ist nichts von der Drachenkraft der Nidhöggr-Quelle zu spüren, von der Hartmuth berichtet hat. An einem Wurzelausläufer befindet sich ein mit Marmor eingefasstes Steinbecken, in dessen Mitte ein hoher Springquell sprudelt. Das muss die Quelle der Weisheit sein. Der Mimir-Brunnen. Vor dem Quell-Becken liegt eine gewaltige Gestalt, die nun aufsteht und mir entgegentritt. Sie ist größer als die Götter von Walhalla. Es ist ein stattlicher, breitschultrig gebauter Mann. Fast nackt, wie ich schüchtern erkennen muss. Er trägt nur einen einfachen Schurz um die Lenden und sieht mich an, als ob er erwarten würde, dass ich mich vorstelle.

»Sei mir gegrüßt, edler Riese Mimir. Ich bin Anna aus der Welt der Menschen, wie du schon richtig erkannt hast. Der Göttervater Wodan schickt mich zu dir. Ich soll für ihn etwas erledigen.«

»Hm!«, brummt der Halbnackte nachdenklich. »Wodan? Der war doch erst vor ein paar Jahrtausenden bei mir. Was will er denn schon wieder? Will er etwa noch einen Schluck? Das würde ihn aber noch sein anderes Auge kosten!«

»Nein, im Gegenteil, er würde sein hier hinterlegtes Auge gerne wieder zurückhaben.«

»Ach!«, wundert sich Mimir. »Ist er denn nicht mehr Chef dort oben?« Nachdenklich kratzt sich der Riese am Kopf. Er scheint zu überlegen.

Eine schöne Gestalt hat er, fällt mir in diesem Moment auf. Gar nicht so grobschlächtig, wie diese Eis- und Feuer-Riesen vom Angriff auf dem Gipfel-Plateau. Irgendwie scheint er aber von der Idee, das Auge herauszurücken, nicht begeistert zu sein.

Hm, Wodan meinte ja, ich solle meinen Charme spielen lassen! Aber bei einem fast nackten Riesen? Mir ist nicht wohl bei dem Gedanken.

Da setzt sich der Riese plötzlich ins Gras und winkt mich zu sich, damit ich mich neben ihn setze. »Als Wodan einst zu mir kam«, beginnt er zu erzählen, »wollte er einen Rat, wie Ragnarök zu vermeiden sei. Er sah sich nicht als Zerstörer, sondern als Erhalter, und war der Meinung, dass eine erneute Zerstörung der Welt keinen Sinn hätte. Ich wusste darauf aber keinen Rat. So trennte er kurz meinen Kopf vom restlichen Körper, um nur meine Weisheit sprechen zu lassen. Doch auch das brachte keine neuen Erkenntnisse. Dann ließ ich ihn aus meinem Brunnen trinken, damit er in sich selbst die nötige Weisheit ansammeln könnte, die für eine Lösung seines Problems nötig sei. Sein Auge gab er mir dafür als Pfand. Dies war die Abmachung. Das Symbol der Tat ist dir offenbar schon bekannt. Dann kam er mit der Idee, ich solle Heimdalls Gjallahorn bei mir aufbewahren, damit er Ragnarök nie wieder einleiten könne. Das tat ich eine Weile, doch Heimdall forderte es eines Tages zurück. Es war mir nicht möglich, das zu verhindern. Das Problem ist daher nach wie vor ungelöst. Wodan will Ragnarök nicht mehr erleben. Und mit Sicherheit nicht nur, weil er nicht noch einmal von Fenrir aufgefressen werden will. Es steckt mehr dahinter. Nun schickt er dich, holdes Menschenweib, das du im Überfluss mit Anmut ausgestattet bist, wie es dein Name schon verspricht. Und er will, dass du ihm sein Auge zurückbringst? Sollst du etwa jetzt das Problem für ihn lösen? Ja, hat sich denn alles ins Gegenteil verkehrt? Seit wann lösen die Sterblichen die Probleme der Götter?«

Aufmerksam habe ich Mimirs Worten gelauscht. Nachdem ich eine Weile überlegt habe, antworte ich: »Edler Mimir, von diesem Problem wusste ich nichts. Wodan sprach nicht von Ragnarök. Er gab mir nur die Aufgabe, das Auge zu holen. Er holte mich und drei meiner Freunde nach Walhalla, ohne dass unsere irdische Zeit vorüber wäre. Und ohne dass wir zuvor auf unsere Würdigkeit geprüft worden waren. Vielleicht hat es mit den aktuellen Problemen in Midgård zu tun. Das Leben auf der Erde ist für uns Menschen nicht mehr sehr angenehm.«

Der Riese stützt seinen Kopf auf eine Hand, während er nachdenklich in die Ferne blickt. »Du weißt aber hoffentlich, dass der Göttervater seine Weisheit verliert, wenn du ihm das Auge zurückbringst«, sagt er schließlich. »Wenn er es an seinen früheren Platz einsetzt, wird er die hohe Hellsicht und Weitsicht verlieren, die ihn auszeichnet. Dies kann weder sein Wille sein noch deine wirkliche Aufgabe. Da steckt etwas anderes dahinter.«

Ich lege dem Riesen meine Hand auf den Oberarm. Klein wirkt sie auf diesem muskelbepackten Arm. Fast zerbrechlich.

Dann bitte ich: »Sage mir doch, Mimir, was vermutest du? Was könnte dahinterstecken?« Treuherzig blicke ich ihn dabei an. Und der Blick wirkt! Er kann ihm nicht standhalten!

Spontan springt er auf, holt aus dem Wurzelgeflecht Yggdrasils einen Becher und füllt ihn mit Wasser aus dem Brunnen der Weisheit. Dann setzt er sich wieder zu mir. »Anna!«, beginnt er zu erklären. »Die Anmut in deinen Augen wärmt mein einsames Herz. Vielleicht weißt du, dass ich auch der Sich-Erinnernde genannt werde. Ebenso der, der das Schicksal misst. Ich erinnere mich an die letzte Ragnarök, wie auch zwei Menschen, die die Katastrophe überlebten, weil sie sich hier unten zwischen den Wurzeln der Welten-Esche vor der Zerstörung verbargen. Viel Wissen ging damals verloren. Und auch nicht alle einst gemachten Erfahrungen konnten wieder in die neue Schöpfung einfließen. Viel verschwand für immer, obwohl es nicht hätte verschwinden sollen. Da Wodan aus meinem Brunnen gekostet hat, weiß er das. Er kann aber nicht – wie ich – in die Zukunft blicken und das Schicksal ermessen, das dieser gesamten Welt und all ihren Epochen bestimmt ist.« Dann reicht er mir den Becher und sagt: »Trinke, holde Maid, auf dass der Pfad des Menschen einst ein Höherer werde, als der Pfad der Åsen. Wodan hat bei mir nun einen Schluck gut und den übergebe ich an dich. Kein weiteres Pfand fordere ich daher von dir ein. Nur ein Lächeln aus deinem Antlitz, an das ich mich über die Zeiten hinweg erinnern kann, wenn es einsam und kalt hier unten wird. Trinke! Und nehme die erlangte Weisheit mit nach Midgård, damit du sie den Menschen zufließen lassen kannst, als steter Quell der Anmut und Weisheit. Das ist die schönste Zierde einer Menschenfrau. Trinke! Und werde zu einem Born der Wahrhaftigkeit. Denn das hat Midgård am dringlichsten nötig. Ihr Menschen seid es, die einst die Welten beherrschen werden. Und ihr Menschen seid es auch, die einst die wahre Unsterblichkeit erlangen werden, wenn wir Götter und Riesen nur noch in den Erinnerungen des alten Volkes existieren werden. Man wird uns vergessen. Wir werden eins mit der großen Leere am Rande der Welt werden und wieder mit UR uns verbinden. Doch ihr, die ihr eurem Schicksal auf Midgård dann getrotzt haben werdet, werdet als neue, leuchtende Götter den Weltenraum mit Licht erfüllen. Zu allen Zeiten. Auch dann noch, wenn es weder Raum noch Zeit mehr gibt.«

Völlig baff nehme ich – wie automatisch – seinen Becher dankbar an. Doch bevor ich ihn an den Mund setze, schenke ich dem einsamen Riesen das bezauberndste Lächeln, das ich hervorbringen kann. Minutenlang nimmt er es in sich auf, dann dreht er seinen Kopf zur Seite.

Ich sehe, wie eine dicke Träne seine Wange herabfließt.

Als er bemerkt, dass ich die Träne sehe, fügt er rasch hinzu: »Das ist eine Träne der Freude über eure mögliche Zukunft, Menschenweib. Keine Träne der Trauer über das damit verbundene Schicksal der Götter und Riesen. Und es ist eine Träne des Glücks, weil du anmutiges Wesen mit mir Freundschaft geschlossen hast. Dies ist ein großer Augenblick in meinem tristen Dasein als Wächter.«

»Ich danke dir, Mimir, großherziger Bewahrer der Weisheit!«, flüstere ich betroffen, bevor ich den Becher bis auf den letzten Tropfen austrinke.

Das Wasser schmeckt kühl und erfrischend. Ich fühle mich aber wie vorher. Verwundert spreche ich Mimir darauf an.

»Das ist in Ordnung!«, antwortet er. »Du wirst das Wachsen deiner Weisheit nur ganz allmählich erleben. Viele Erkenntnisse, die sich spontan in deinen Kopf drängen, werden dir in nächster Zeit zeigen, wie sehr du innerlich wächst. Es mag sein, dass du Zugang zur Vergangenheit aller Welten erlangst. Mag sein, dass du das zukünftige Schicksal der Welten zu erkennen vermagst. Es mag auch sein, dass du einen männlichen Gefährten benötigst. Einen wahren Welten-Wanderer, der nicht nur die Seins-Bereiche zu erforschen gedenkt, sondern sie bewusst zu betreten vermag. Eine solche Verbindung könnte wahre Wunder bewirken. Wunder, die auf Midgård wohl nötig sein werden. Sonst kann es nämlich sogar geschehen, dass Ragnarök von dort entzündet wird, ohne dass Heimdall sein Horn blasen muss. Vielleicht ist das Wodans Plan? Er wählt vier junge Menschen aus, ohne dass diese die nötige Würde besitzen. Dann sorgt er dafür, dass sie hohe Reife in rascher Zeit erlangen. Und schickt sie zurück in der Hoffnung, Ragnarök so zu verhindern, weil sie dazu fähig sein werden, die Welt der Sterblichen von ihrem Wahn der Gier zu heilen. Zutrauen würde ich dem hehren Alten so einen Langzeit-Plan.«

Lange lasse ich Mimirs Worte wirken. Ungeheuerlich, welch Weitsicht in ihnen liegt. Dann fällt mir das Auge wieder ein. »Was sage ich aber jetzt Wodan?«, frage ich Mimir seufzend. »Meine Aufgabe besteht ja nicht darin, Weisheit zu erlangen, sondern darin, ihm das Auge zu bringen. Ich will es ihm aber überhaupt nicht bringen, wenn er dadurch seine Weisheit verliert.«

»Hör zu, anmutige Anna, und bedenke meine Worte wohl! Gehst du ohne das Auge, bleibt Wodan der weise Herr der

Åsen, doch deine Aufgabe ist vielleicht nicht erfüllt. Wer weiß, was dann mit euch geschieht. Gehst du mit dem Auge, so ist deine Aufgabe wohl erfüllt, aber die Ordnung der Götter wäre gestört, weil Wodan seine Weitsicht verlieren würde. Entscheide selbst, was zu tun ist!«

Entschlossen springe ich auf. Es gibt nichts zu überlegen. »Ich lasse das Auge hier! Ich will nicht, dass dieses edle Wesen seine Weisheit verliert, wo sie doch gerade jetzt so gebraucht wird.«

»So sei es denn, holde Anna!«, nickt Mimir, bevor er mich mit beiden Händen packt, als ob er mich umarmen möchte. Stattdessen aber holt er aus und wirft mich mit gewaltigem Schwung nach oben. »Lebe wohl du Schönheit aus Midgård, die mein Herz berührte!«, ruft er mir noch nach. Dann spüre ich, wie mich die beiden Raben wieder an den Schultern packen, bevor ich die Augen schließe, um den durch den heftigen Wurf aufgestiegenen Schwindel zu unterdrücken. Als ich sie wieder öffne, fliegen wir über die schneebedeckten Berge hinweg.

»War deine Suche erfolgreich?«, fragt einer der Raben krächzend.

»Ja und nein«, gebe ich bedrückt zurück. »Ich weiß nicht, wie euer Herr reagieren wird, wenn er erfährt, dass ich das Auge nicht an mich genommen habe. Aber ich bin der Meinung, es ist besser so!«

Zwar reagieren die Raben nicht auf meine Worte, doch habe ich plötzlich das Gefühl, dass sie einen Zahn zulegen.

***

Freya berichtet:

Nachdem wir fürstlich gegessen haben, betrachten wir eine Weile die Kampf-Spiele der Helden, die sich mit wunderbaren Darbietungen von Artisten, Poeten, Musikern und Gauklern abwechseln. Walhalla scheint tatsächlich ein Hort der Kampf- und Geisteskunst gleichermaßen zu sein.

Wunderbar, was hier geschieht!

Dennoch ziehen mir viele Fragen durch den Kopf: *Was wird aus uns werden? Wie kommen wir wieder zurück? Oder ist das alles wirklich nur eine alkoholbedingte Halluzination, wie Rainer meint? Welche Aufgabe werde ich wohl erhalten? Hartmuth hat ja bereits bestanden. Anna ist noch unterwegs. Und Rainer weiß immerhin schon, dass er gegen Thor antreten muss.*

Kaum hat der letzte Gedanke meinen Kopf wieder verlassen, tritt eine höchst erotisch wirkende Frau zu mir. Rote Haare umwallen ein edles, strahlendes Gesicht. Um den schlanken Hals hängt ein faszinierendes Halsband, fast von der filigranen Gestalt kleiner, menschlicher Gelenke, jedoch aus kostbaren Metallen geschmiedet und mit Edelsteinen bestückt. Ihr Kleid erinnert mich an Falkenfedern.

Unvermittelt fährt die Frau mir mit der Hand durch meine dunklen Haare und sagt: »Du gefällst mir, Menschen-Maid, die du meinen Namen trägst. Du hast die Liebe bereits vielfach gekostet, auch wenn es harte Erfahrungen mit sich brachte. Ich bin Freya! Keine der Åsen, sondern den Wanen zugehörig. Ich bin die Göttin der Liebe und der Ehe, des Glücks und der Magie, Führerin der ruhmreichen Walküren und Empfangende von vielen gefallenen Kämpfern in meiner eigenen Halle Sessrúmnir.«

Aufgeregt springe ich auf, stelle mich vor die Göttin und verbeuge mich. »Ich fühle mich geehrt, dass ich meiner Namensgeberin in persona gegenübertreten darf!«, bekunde ich. »Niemals hätte ich mir träumen lassen, Euch tatsächlich zu begegnen.« Bewundernd betrachte ich erneut ihr Halsband, bevor ich sage: »Welch wunderbares Geschmeide Ihr nur tragt!«

»Vier Zwerge haben es für mich gemacht«, antwortet mir die Göttin. »Ich musste es aber mit den Reizen meines Körpers bezahlen, was Wodan nicht sehr spaßig fand, obwohl er nicht mein Gemahl ist. Die Anschaffung hat sich dennoch gelohnt, denn es stärkt meine magische Kunst immens. Loki, der Halunke, der euch hierher gebracht hat, raubte es mir einst. Zum Glück konnte sein Erzrivale Heimdall es ihm wieder abjagen.«

Tief sieht sie mir nun in die Augen. Ich fühle in diesen Sekunden sowohl ihren Kampfeswillen als auch ihre Liebeskraft. Dann sagt sie: »Interessant, dass du sofort nach diesem Geschmeide fragst, dessen Name übrigens Brisingamen ist. Es wird bei deiner bald stattfindenden Prüfung eine Rolle spielen. Diese Prüfung werde ich dir abnehmen. Wenn du sie bestehst, wirst du von mir ein Geschenk erhalten, das diesem Geschmeide nicht nachstehen wird.«

Mir fällt das Herz fast in die Hose. Wenn die Liebesgöttin mir ein derart wertvolles Geschenk verspricht, dann muss die Prüfung unglaublich hart sein. Und als Chefin der Walküren wird sie sicherlich nicht zimperlich vorgehen.

Betreten antworte ich: »Dann kann ich nur hoffen, dass eine Göttin der Liebe für ihren Namens-Zwilling keine allzu schwere Prüfung bereithält.«

Freya lächelt mich strahlend an, bevor sie antwortet: »Eine allzu leichte Prüfung bringt nur wenig Erfahrung. Du sollst aber eine würdige Trägerin meines Namens auf Erden werden. Wisse, dass dieses Halsband eine magische Verbindung zwischen Himmel und Erde darstellt. Ähnlich wie die Regenbogenbrücke, nur kleiner. So einfach wird es für dich also nicht zu erobern sein.«

Wir kommen nicht mehr dazu, weiterzusprechen. Das Krächzen von Hugin und Munin, die gerade zwischen den Säulen hindurchfliegen, unterbricht uns. Sie bringen Anna zurück und lassen sie einfach in die Halle fallen.

Geschickt fängt diese ihren Sturz auf und erhebt sich.

Schamvoll tritt sie dann auf Wodans Thron zu und verneigt sich.

Still wird es im Saal, als Wodan mit väterlicher Stimme fragt: »Und, Anna, hast du mein Auge gefunden?«

Geknickt blickt Anna zu Boden, während Wodan und alle anderen Anwesenden sie anstarren. Dann sieht sie plötzlich den Göttervater aufrecht an und bekundet: »Edler Åsenkönig, ich habe das Auge nicht mitgebracht. Ich gelangte wohl zum Weisheits-Brunnen und freundete mich mit Mimir an, doch ich erfuhr auch, dass Ihr Eure Weisheit und Sichtigkeit verlieren würdet, wenn ich Euch das Auge bringen würde. So ließ ich es bei Mimir und nahm dafür in Kauf, dass wir vier Menschen jetzt als Versager vor Euch stehen müssen. Lieber lasse ich aber die Aufgabe unerfüllt, als Euch Eurer Weisheit zu berauben.«

Anstatt daraufhin, wie erwartet, ihr Scheitern zu verkünden, lächelt Wodan plötzlich vor Achtung – ja fast vor Stolz – und erhebt sich, bevor er Anna umarmt und sie in einer liebevollen Geste an sich drückt. Als er sie wieder loslässt, ruft er laut: »Seht, auch sie hat aus Mimirs Brunnen getrunken und die Weisheit einer Welten-Sehenden erhalten. Wahrlich, ihr Götter und Menschen, Elben und Riesen von Walhalla, auch diese hier hat ihre Aufgabe mit Bravour bestanden. Sie war bereit, ein großes Opfer zu erbringen, um meine Weisheit nicht zu gefährden. Hätte sie mein Pfand zurückgefordert und mir überbracht, trotz des Wissens um die Folgen, wäre die Aufgabe nicht erfüllt gewesen.«

Unter Beifallsrufen und Schlägen von Fäusten auf die Tafel drückt der Göttervater Anna nochmals an sich und weist ihr dann den freien Platz neben Rainer zu.

Freudig strahlend läuft Anna in unsere Richtung, während der Saal immer noch vor Freude tobt. Stolz auf seine Freundin steht Rainer auf und umarmt sie innig. Dann setzen sie sich und Anna leert – froh, ihre Prüfung bestanden zu haben – erst einmal einen Krug mit Met.

Als es wieder leiser geworden ist, packt mich meine Namensvetterin am Arm. »Dann kann es ja jetzt weitergehen«, stellt die Göttin fest. »Du bist dran, Menschen-Maid mit meinem Namen. Stelle dich neben mich und beobachte, was gleich geschehen wird. Dann werde ich dir deine Aufgabe erklären.«

Das Lava-Becken der Feuer-Riesen

Freya berichtet:

Kaum hat die Fruchtbarkeits-Göttin gesprochen, hört man von draußen ein urtümliches Brüllen. Eigenartigerweise reagiert keiner der menschlichen Helden oder Götterwesen darauf. Sogar Thor bleibt neben Wodan sitzen, als mit einem gewaltigen Satz ein von Flammen umhüllter Feuer-Riese zwischen den Säulen hindurch in die Halle springt und nochmals laut brüllt.

Völlig perplex sehe ich zudem Heimdall, den weisen Wächter der Regenbogenbrücke, hinter einer der Säulen stehen. Mit gezogenem Schwert scheint er das Geschehen zu überwachen.

Soll Heimdall nicht das Eindringen der Riesen nach Åsgård verhindern?, schießt es mir durch den Kopf. *Ist das alles vielleicht doch nur ein verrückter Traum?*

Da langt der Riese nach meinem Freund Hartmuth und zieht ihn von der Tafel weg. Ich bin zu keinem weiteren Gedanken mehr fähig, als er brüllt: »Diesen hier werde ich uns Riesen nun als Festtagsbraten richten. Das ist die Rache für all die Demütigungen, die wir durch euch Götter ertragen mussten!« Dann springt er mit einem Satz hinaus, meinen nach Hilfe schreienden Freund in der gewaltigen Hand haltend.

Niemand macht Anstalten, den Riesen zu verfolgen. Im Gegenteil! Schmunzelnd sitzen vor allem die Åsen da und richten ihre Blicke auf die Wanin. Und auf mich!

Aus einem Augenwinkel sehe ich noch, wie Heimdall mit dem Schwert den Riesen wieder zurück dirigiert, als ob er ihn nun aus Åsgård vertreiben wolle.

»Was soll das?«, frage ich erbost und erschüttert in die Runde. »Wieso hilft keiner meinem Freund? Er hat seine Prüfung doch schon bestanden!«

Beschwichtigend legt die Liebesgöttin beide Hände auf meine Schultern. Tief und durchdringend blickt sie mich an, bevor sie mit warmer Stimme sagt: »Menschen-Maid, die du meinen Namen trägst und den Freuden der Vereinigung in der Vergangenheit nicht abgeneigt warst, vernimm nun deine Aufgabe und behalte die Worte wohl im Herzen. Vor kurzer Zeit behauptetest du in deinen Gedanken, dass du für deinen Freund durchs Feuer gehen würdest. Waren es nur Worte oder war es die Wahrheit? Dies soll nun geprüft werden, damit wir Erkenntnisse über deine Aufrichtigkeit erlangen. Wisse, dass Heimdall diesen Feuer-Riesen nur ausnahmsweise hereingelassen hat. Er drängte ihn sogar, den hehren Hartmuth zu ergreifen, um die Voraussetzung für deine Prüfung zu schaffen.«

Wütend will ich etwas entgegnen. Doch die Göttin macht eine eindeutige Geste, die mich zum Schweigen bringt. »Suche deinen Freund und bringe ihn zurück. Wisse aber, dass du dafür tatsächlich durchs Feuer gehen musst. Erfahre während deiner Prüfung, was das Geheimnis der wahren Vereinigung ist, damit du auf dem weiteren Lebensweg in Midgård niemals mehr dem fesselnden Trieb der tierischen Lust-Ausübung unterliegen musst. Kommt ihr wohlbehalten hierher zurück, gilt die Aufgabe als erfüllt. Eine kleine Hilfe gebe ich dir noch mit auf deinen Weg. Dieses Geschenk darfst du behalten, wenn du erfolgreich warst.« Mit diesen Worten greift sich die hehre Gestalt an ihren Hals und nimmt das funkelnde Halsband in die Hände. Ich glaube meinen Augen nicht mehr trauen zu können, denn es verdoppelt sich in diesem Augenblick. Das echte Geschmeide hängt immer noch um den schlanken Hals der Göttin. Doch hält sie nun ein Duplikat in den Händen, das sie mir sogleich anlegt. Als es meine Haut berührt, fühle ich mich plötzlich von unbändiger Kraft und heroischem Mut durchflutet. Welch ein Gefühl! Welch ein Wunder!

»Siehe, dies ist dein Brisingamen. Nimm es als dein Eigentum an, denn ich will nicht daran zweifeln, dass du die Aufgabe lösen wirst. Bedenke, es wurde von vier Zwergen geschmiedet. *Vier* ist die Zahl der physischen Schöpfung. So steht mein Geschmeide der Materie nahe und trägt dafür Sorge, dass alle himmlisch orientierten Gedanken und Absichten sich eines Tages in der Materie manifestieren können. Deine Tränen im Himmel werden zu Gold und Bernstein in der Materie. So lautet die Symbolik, die du im Herzen bewahren mögest. Und nun, Menschen-Maid, beeile dich! Riesen sind ungeduldig. Vor allem sind sie auch stets hungrig. Vergiss aber meine Worte nicht: Die Lösung deiner Aufgabe hat mit dem Erkennen der wahren Kraft der hohen Vereinigung zu tun.«

Seit dem Moment, von dem an ich das Halsband trage, ist seltsamerweise jeglicher Zweifel in mir verflogen, dass diese Aufgabe nicht zu schaffen sei. So antworte ich abwechselnd zu meiner Namensgeberin und zu Wodan blickend: »Hehre Freya, hoher Åsenkönig, ich werde mein Bestes geben, um meine Aufrichtigkeit im Licht der Wahrheit zu beweisen. Ich danke den Göttern für diese unvergleichliche Möglichkeit, meinen Mut wachsen zu lassen und dadurch Hürden zu nehmen, denen ich auf Midgård mit Sicherheit ausgewichen wäre. Ganz davon abgesehen, dass es in unserer Welt keine Feuer-Riesen gibt.«

Ein Schmunzeln huscht über ihre Gesichter wegen der Bemerkung zu Midgård, doch meine Worte kommen an. Und Wodan wünscht mir sogar: »Gutes Gelingen.«

***

In der Regensburger Uni-Klinik

Kopfschüttelnd steht die Schwester vor Freya. Sie notiert ihre Werte in einem medizinischen Bericht.

»Das ist absolut verrückt«, murmelt sie. »Jetzt hat diese hier das Herzrasen und den hohen Blutdruck. Einer nach dem anderen erlebt wohl etwas sehr Aufwühlendes im Koma. Na, die werden was zu erzählen haben, wenn sie erwachen. *Wenn sie denn erwachen!*«

***

Freya berichtet weiter:

Ich habe den Rückweg zur Regenbogenbrücke problemlos gefunden. Erwartungsgemäß hat sie sich vor mir wieder offenbart, als ich mich dem Rande Åsgårds mit der Absicht näherte, sie zu betreten. Als ich sie zur Hälfte, wie ich hoffte, überschritten habe, setzt plötzlich der eisige Wind wieder ein.

Trotz des magischen Halsbands ist mir mulmig zumute. Hardys Absturz ist mir unangenehm in Erinnerung geblieben. Außerdem bin ich völlig alleine. Kein Loki in der Nähe, der mich wieder heraufziehen könnte, wenn ich fallen sollte.

Wo ist der eigentlich abgeblieben? Seit wir uns ins Gras haben fallen lassen, habe ich ihn nicht mehr gesehen.

Vorsichtig mache ich Schritt für Schritt auf dem Regenbogen. Stets darauf bedacht, in der Mitte zu bleiben, denn der Wind weht immer kräftiger.

Es ist wahrlich unheimlich, so alleine über die Brücke zu schreiten. Unter mir ist nur der endlose, neblig trübe Abgrund. Außerdem weiß ich gar nicht, wieso ich den Pfad zurück zu Bifröst eingeschlagen habe.

Bestimmt, weil ich auf dem Gebirgs-Plateau drüben den Angriff der Riesen mitbekommen habe. Oder auch, weil Heimdall vorhin dabei gewesen war, als mein Freund entführt wurde. Er muss wissen, wie ich zu den Feuer-Riesen gelangen kann. Zum Glück ist es nicht mehr weit. Ich sehe das Plateau bereits!

Da ergreift mich ein heftiger Windstoß. Erschrocken schreie ich auf und versuche verzweifelt, mich noch irgendwie an die Brücke zu klammern. Dann falle ich ins Nichts.

»Hardy!«, kreische ich in meiner Verzweiflung. Als ob er mir helfen könnte, wo ich *ihm* doch helfen muss.

Der Fall sowie der Nebel, in den ich stürze, verwirren meine Sinne. Völlige Orientierungs- und Zeitlosigkeit umfängt mich. Bis …

Plumps! Nach einer gefühlten Ewigkeit, die gleichzeitig ohne jeden Zeitverlauf zu sein schien, endet mein Fall abrupt auf etwas Weichem.

»Gänsefedern!«, rufe ich erstaunt aus.

Als ich meine Orientierung zurückhabe, stelle ich tatsächlich fest, dass ich mich in der gleichen Situation befinde, die mein Freund beschrieben hat. Ich liege in einem großen Haufen Gänsefedern vor einem schnuckeligen Häuschen. Die Vögel watscheln wild schnatternd herum. Ich habe sie wohl gehörig erschreckt.

Weder Frau Holle lehnt sich aber aus einem der Fenster, noch knurrt mich der Fenris-Wolf an. Stattdessen windet sich eine gigantische Schlange hinter dem Häuschen hervor und bläht sich in Sekundenschnelle zu kosmischer Größe auf.

»Die Welten-Schlange!«, entfährt es mir, während ich mich aus dem Federnhaufen kämpfe. »Sei mir gegrüßt, Midgård-Schlange, die du meinem Gefährten schon begegnet bist!«, spreche ich sie direkt an.

Die Schlange wirkt seltsamerweise überhaupt nicht bedrohlich auf mich. Obwohl dunkel erscheinend, ist ihre Haut über und über mit goldenen Mustern bedeckt, die sich stetig in ihrer Form ändern, als ob flüssiges Gold auf der Schlangenhaut fließen würde.

»Sei mir ebenfalls gegrüßt, Freundin der Walküren-Führerin. Schön, dass du mich besuchst. Dein Gefährte hat mir einen großen Dienst erwiesen. Deshalb werde ich dir nun ebenfalls einen Dienst erweisen, um meine Schuld ihm gegenüber abzutragen. Hast du einen Wunsch an mich? Soll ich dich mit den weltlichen Schätzen überschütten, deren Wächterin ich bin?«

»Nein danke, Schwester der Hel, ich bin nicht an materiellem Reichtum interessiert. An Herzens-Reichtum jedoch umso mehr. Um Letzteren zu erlangen, habe ich eine Prüfung der Åsen zu bestehen. Ich wäre dir daher sehr dankbar, wenn du mir den Weg ins Reich der Feuer-Riesen weisen würdest und mir sagen könntest, wie ich meinen Gefährten, der dort gefangen gehalten wird, befreien kann.«

»Was!«, zischt die riesige Schlange erbost. »Diese rohen Geschöpfe haben jenen hehren Menschen des harten Mutes geraubt? Wie dies? Er hat doch sogar meinen Bruder besiegt!«

»Es ist eine Prüfung für mich. Diese Situation musste geschaffen werden, um mir die Möglichkeit zu geben, meine Wahrhaftigkeit zu beweisen.«

»Ah, ich verstehe«, nickt die Schlange, bevor sie ihr riesiges, züngelndes Haupt nachdenklich hin und her bewegt. »Lass mich dir einen Rat zu den feurigen Gesellen geben, bevor ich dich zu ihnen bringe, denn ihr Feuer ist wahrlich wild und verbrennend. Es kann in seiner Seinsweise nicht gewandelt werden. Aber du kannst eine Wandlung des Feuers in dir zustande bringen. Dann wird das vernichtende Feuer der Riesen dir nichts mehr anhaben können und du kannst es unbeschadet ertragen.«

»Das Feuer in mir? Meinst du das Begierde-Feuer? Das Haben-Wollen, den Zorn, die Wut, die Gelüste und all diese Fesseln, die einen tiefer und tiefer in die Gebundenheit hineinziehen?«, frage ich zweifelnd. »Wie soll ich diese Eigenschaften denn wandeln? Sie sitzen tief. Und sie schlagen immer dann zu, wenn sie sich ausleben wollen. Ich muss gestehen, dass ich in meiner Vergangenheit diesem Feuer allzu oft nachgegeben habe. Ich war ständig auf Jungs aus und suchte nach Liebe, fand jedoch nur die schreckliche Gier unreifer Männer. Leider lernte ich nicht daraus. Immer wieder schnappte die Falle zu, nur weil ich mich nach Geborgenheit sehnte, die ich im Elternhaus niemals fand. Ich weiß nicht, ob du die Probleme der Menschen verstehen kannst. Aber wenn du mir helfen kannst, so bitte ich dich inständig, es zu tun.«

Kurz züngelt mich die Schlange von oben herab an, als ob sie die Ernsthaftigkeit meiner Worte prüfen wolle. Dann erwidert sie: »Ich verstehe sie nur zu gut. Wenn die Gier nämlich aus euch verschwände, dürfte ich all die Schätze freigeben, deren Wächterin ich bin. Nicht nur die irdischen Reichtümer, die Midgård zu einem blühenden Lande machen würden, sondern vor allem Geistes-Schätze, die momentan von den der Gier verfallenen Menschen aber nur missbraucht werden würden. Ich erkenne dein offenes Herz, Menschin. Du sprichst die Wahrheit. Du willst das Feuer der Gier tatsächlich in dir löschen und dafür das Feuer der Seelen-Wahrheit lodern lassen. Mag sein, dass sich auf Midgård viele Dinge ändern werden, wenn du eines Tages dorthin zurückkehrst und deine Erfahrungen an möglichst viele Menschen weitergibst. Einer muss nun mal den Pfad durch den Urwald schlagen, damit die anderen folgen können.« Dann schnellt das Haupt der gewaltigen Midgård-Schlange zu mir herab. »Spring auf!«, befiehlt sie zischend. »Und halte dich gut fest!«

Ohne zu zögern, klettere ich auf ihren riesigen Kopf und halte mich an ein paar Fransen fest, die dort zwischen den Schuppen herauswachsen, bevor sich die Schlange plötzlich erhebt. Ihr immenser Leib, der zuvor um das Haus von Frau Holle gewickelt war, entrollt sich. Ihr Kopf schießt wie eine Kanonenkugel nach oben – die Welten-Ebenen durchbrechend – mit mir als Passagier.

Mir wird regelrecht schwindelig, so rasch geht es nach oben. Schon liegt der Nebel hinter uns. Die Regenbogenbrücke ist wieder erkennbar. Doch die rasante Fahrt geht nicht dorthin, sondern in Richtung der höchsten Berge weit weg von Bifröst. Ob sie zur Menschenwelt gehören oder zur Welt der Feuer-Riesen, wer vermag es zu sagen?

Auf einem Hochtal, das sich zwischen düstere, schwarze Felsen schmiegt, an denen Rauchschwaden entlangziehen, setzt mich die Schlange ab.

»Spring!«, ruft sie. »Du bist am Ziel.«

»Am Ziel?«, echoe ich verständnislos, da ich nur dunkle Berge und Rauch sehe.

Amüsiert zischt die Schlange vor sich hin und wartet, bis ich abgestiegen bin. »Hier beginnt das Reich der Feuer-Riesen«, erklärt sie dann. »Wenn du dieses Hochtal hinauf wanderst, gelangst du schon bald an einen ausgedehnten Lava-See, der von einem aktiven Vulkan stetig gefüllt wird. Durch diesen See musst du wandern, ohne dass dich die Lava verbrennt. Das wirst du aber nur schaffen, wenn du aufrichtig und ernsthaft die Triebe und Verhaftungen deines alten, tierhaften Seins abgibst. Wenn du das schaffst, wird dir die Lava diese alten Eskapaden herausbrennen. Und die Gnade der Liebesgöttin wird dir dazu verhelfen, echte Liebe und die Ekstase einer wahren Verschmelzung zu erleben. Eine Verschmelzung, die eigentlich jeder Bewohner von Midgård erleben könnte. Ihr habt euch aber leider lieber dem Übel der Verhaftung an der Vergänglichkeit hingegeben«, bedauert sie, bevor sie mir ein: »Gutes Gelingen«, wünscht und noch sagt: »Viele Wunder geschehen in diesen Tagen. Ich wurde geheilt, mein Gift somit entfernt. Und ihr vier Freunde werdet auf eine besondere Mission vorbereitet. Ihr durftet gar als erste Menschen überhaupt die heiligen Hallen des hohen Vaters betreten, ohne die entsprechende Würde erlangt zu haben. Alles wird anders. Vielleicht beginnt sogar eine neue Zeit, ohne dass Ragnarök vorher alles wieder zerstören muss. Mir soll's recht sein. Der grobe Thor schmeckte beim letzten Mal nicht sonderlich gut. Man sagt immer, er sei in meinem Gift ertrunken, nachdem er mich schon erschlagen hatte. Es stimmt nicht ganz. Wir haben uns gegenseitig assimiliert. Aber das ist etwas schwer zu verstehen für euch Menschen, ich weiß.« Mit diesen Worten erhebt sich die gigantische Schlange, schießt wieder in die Höhe und lässt mich alleine in dem düsteren Gebirge zurück.

Ohne das mir Kraft gebende Halsband meiner Namensgeberin hätte ich mich bestimmt hundeelend gefühlt. Noch immer frage ich mich zudem, ob ich mich als zierliche, spindeldürre Frau in das Reich der mächtigen Feuer-Riesen wagen soll. Gleichzeitig fühle ich mich aber von stetig steigender Energie durchpulst, sodass ich nach einigen Minuten der inneren Vorbereitung langsam das Hochtal hinaufzuwandern beginne. Ich bin mir ganz sicher, dass dieses Erlebnis keine Halluzination ist. Die Eindrücke sind so niederschmetternd. In jedem Albtraum wäre ich bestimmt schreiend davongelaufen, würde ich so einen Ort des Schreckens durchwandern müssen. Schwarze Felsen links und rechts des Weges. Graue Rauchwolken überall. Auch aus Felsspalten herausquellend. Stetiges Rumpeln und Wackeln durch den wohl daueraktiven Vulkanismus in dieser Gegend. Keinerlei Wasser oder Vegetation. Nur ätzender Gestank nach Schwefel und Phosphor. Von den hohen Felswänden fallen immer wieder Gesteinsbrocken herab, die mir den Weg zusätzlich erschweren.

Von irgendwoher dringt plötzlich ein tierisches Brüllen zu mir. Kommt es von den Riesen? Ich vermag es nicht zu deuten.

Der Aufstieg durch das Tal ist anstrengend. Es liegt aber nicht an der Steigung – es geht gemäßigt nach oben –, sondern an all dem Geröll. Und an meinen Gedanken, die stets um zwei wichtige Themen kreisen und mich so aufhalten: *Wie komme ich durch den Lava-See? Und wie rette ich meinen Liebsten?*

Ich darf mir keine allzu quälenden Gedanken machen. Sie schwächen mich nur. Leider ist das alles andere als einfach. Trotzdem ist mein Vertrauen darauf, dass alles gut gehen wird, groß. Es wird schließlich durch das großzügige Geschenk der Göttin gestärkt.

Nachdem ich mehrere Stunden das Hochtal hinaufgestolpert bin, gelange ich tatsächlich an das Ufer eines brodelnden Sees aus Lava.

Stickige Hitze schlägt mir entgegen. Sofort erkenne ich, dass ich heftigen Durst verspüre. Die Erfrischung an Wodans Tafel liegt doch eine Weile schon zurück.

Resignierend betrachte ich die Gegend. Definitiv führt kein Pfad um den See herum. Nur steiler Fels an beiden Seiten. Dann – ich traue meinen Augen und Ohren kaum – erblicke ich in der Ferne, am anderen Ufer des Sees, eine menschliche Gestalt. An den Armen festgemacht hängt sie über dem Rand des Sees. Die Hilferufe hallen trotz der blubbernden Lava zu mir herüber.

Hardy! Diese bekloppten Riesen! Sie haben ihn einfach – an steinerne Felsvorsprünge gebunden – über die Lava gehängt. Sind wohl der Meinung, dass er auf diese Weise schneller durchgebraten wird.

Wut steigt plötzlich in mir hoch. »Na, denen werde ich es zeigen!«, brumme ich vor mir hin. Gleichzeitig denke ich aber an die erhaltenen Tipps. Keine Wut! Kein Zorn! Aber auch kein Aufflackern von Gier.

»Was soll ich denn jetzt tun?«, rufe ich schon beinahe verzweifelt. Da kommt mir der Rat der Liebesgöttin wieder in den Sinn. Ich solle versuchen, eine wahre Verschmelzung zu erreichen. Dies sei für die Aufgabe sehr wichtig.

Wie kann das nur gemeint sein?

Während ich hin und her überlege, nähere ich mich langsam dem Lava-See. Vorsichtig versuche ich mit einem Fuß einzudringen, um zu prüfen, ob nicht alles nur ein Trugbild ist.

Sofort lässt mich immense Hitze zurückzucken.

Nein! Kein Trugbild! Die Lava ist echt. Ich würde verglühen, wenn ich hineintreten würde.

Die Qual der Entscheidungs-Findung wird immer unerträglicher. Immer wieder höre ich Hardys Hilferufe. Ich muss ihn retten!

Wie aber, wenn mich die Lava zuvor zu Asche verbrennt?

Seltsame Szenen aus der Vergangenheit melden sich plötzlich aufdringlich in meinem Bewusstsein. Um Aufmerksamkeit ringend. Es waren die Erinnerungen an all die wilden Bettgeschichten, die ich nur deshalb erduldete, weil ich mich so sehr nach Geborgenheit sehnte. All die Enttäuschungen, weil ich stets nur das Objekt der Begierde gewesen war und danach in ein emotionales Loch geworfen wurde. Es war frustrierend, denn stets war ich das Opfer, der Junge der Täter. Jetzt beginne ich langsam zu erkennen, dass dieses Schubladendenken der Wahrheit einfach nicht entsprach. Ich wäre nie auf diese Art missbraucht worden, wenn ich nicht das Signal gegeben hätte, dass ich zu haben bin. Doch warum habe ich mich damals ausgeliefert? Weil ich keine Liebe zu geben vermochte und nicht einmal wusste, was Liebe überhaupt ist? Ich hatte Liebe stets für ein emotionales Bauchkribbeln gehalten. Für die Lust am anderen Geschlecht. Deshalb habe ich mich dieser Versklavung ausgeliefert. *Vielleicht hat ja einer der Jungs Ahnung von Liebe und würde sie mir schenken*, habe ich immer gehofft. Niemals wäre mir in den Sinn gekommen, dass man nur geliebt werden kann, wenn man auch bereit ist, Liebe zu geben. Sich selbst bedingungslos zu geben. Dies aber ist nur möglich, wenn man bereit ist, sein eigenes Sein zu akzeptieren – ja zu lieben, ohne in Narzissmus zu verfallen.

Erst seit ich mit Hardy zusammen bin, habe ich begonnen, das zu verstehen. Stets nimmt er mich an, wie ich bin. Ebenso begegne ich ihm, weil ich ihn aufrichtig liebe. Er bedeutet mir alles; all-es. Er ist meine Welt und ich bin seine. Ich stelle keine Bedingungen. Ich widme mich ihm einfach. Weihe ihm mein ganzes Sein. Er steht mir so nahe mit seinen psychischen Schwierigkeiten. Er ist wie ich. Nein – er ist ich! Wir sind ein verschmolzenes Bewusstsein in zwei Körpern.

Empfinden wir wirklich so?

Ja, tun wir!

Als diese Erkenntnis mich mit überwältigender Deutlichkeit überrollt, breitet sich plötzlich über dem Lava-See ein gewaltiges Bild aus. Eine Vision. Ein Abbild von Hardy schwebt auf ein Abbild von mir zu. Als sich die beiden Gestalten verbinden – ja miteinander verschmelzen –, entsteht eine gewaltige Lichteruption.

Im selben Moment geschieht genau dies in mir selbst. Meine Hingabe an meinen Gefährten wächst wie eine hell leuchtende Sonne in meinem Herzen. Und ich weiß, dass er genauso für mich empfindet. Er ist ich – ich bin er. Wie wunderbar das ist!

Ich habe nicht bemerkt, dass ich in der Zwischenzeit weitergewandert bin. Ohne es realisiert zu haben, stehe ich bereits bis zu den Knien im Lava-See. Nur kurz zuckt Verwunderung durch meinen fast stillgelegten Verstand, dann habe ich das Phänomen als Selbstverständlichkeit angenommen, dass die Macht der wahren Verschmelzung mein inneres Sonnenfeuer der Liebe zum Brennen gebracht hat, weshalb mir die Lava nichts anzuhaben vermag. Das höherwertige, lebensspendende Sonnenfeuer neutralisiert nun das niedrigere, lebensvernichtende Feuer des Lava-Sees.

Es ist eine überwältigende Erfahrung!

Mit hingebungsvoll geöffnetem Herzen versuche ich, diese ekstatische Verschmelzungs-Erfahrung zu bewahren, um weiter durch den See zu laufen.

Es funktioniert problemlos.

Mein eigenes Leben wird dabei völlig bedeutungslos. Nur noch die bedingungslose Hingabe, ja Opferung meines Seins an meinen Gefährten, zählt.

Ich will ihn retten! Will dieses Eins-Sein bewahren!

Alle persönlichen Belange treten in den Hintergrund und mein Herz jubiliert von Schritt zu Schritt immer mehr.

Der Lava-See ist nicht sehr tief. Weiter als bis zu den Oberschenkeln reicht mir die Lava nicht. Wäre der unangenehme Geruch nicht, wäre es sogar ein sehr angenehmes Waten, denn die Lava fühlt sich nun nicht anders als warmes Badewannenwasser an, wenn auch bedeutend zäher.

Es ist wahrlich nicht zu fassen. Zum Glück aber hält sich mein stets zweifelnder Denkapparat zurück. Wenn der mitbekommen würde, dass ich durch glühende Lava laufe …

Nur etwa zehn Meter bin ich noch von meinem Freund entfernt, als dieser einfach lächelnd aus seinen Fesseln rutscht, sich zu mir in die Lava gleiten lässt, auf mich zuwatet, mich innig umarmt, liebevoll an sich presst und küsst.

»Soll das heißen, du warst gar kein Gefangener der Riesen?«, frage ich verwirrt. *Und wieso kann er auch durch die Lava gehen?*, wundere ich mich, erkenne die Antwort aber sogleich selbst. Er hat natürlich auch die Ekstase der geistigen Verschmelzung mit mir erlebt. Außerdem hat der rote Drache ihn bereits mit seinem Atem gestählt. Wer Drachenfeuer ausgehalten hat, den kann Lava kaum mehr kratzen.

»Komm mit mir zu den Riesen!«, fordert Hardy mich lächelnd auf und greift nach meiner Hand. »Die haben etwas ganz Verrücktes gebaut, um uns nach Åsgård zurückzubringen.«

Immer noch verwirrt frage ich: »Heißt das, du wusstest von allem? Haben sie dich gar nicht gefangen genommen? Bist du etwa gut Freund mit ihnen?«

»Na ja«, gibt er zu, »die Entführung und die augenscheinliche Fesselung hier, waren wirklich nur getürkt. Du hast ja einen Grund gebraucht, um mich zu retten. Anders hättest du die Erfahrung nicht machen können, die dir die Liebesgöttin zukommen lassen wollte. Für mich war es nur ein faszinierendes Abenteuer. Ich wusste nämlich tatsächlich Bescheid. Vielleicht erinnerst du dich, dass ich vorhin, während Annas Prüfung, kurz verschwunden war. Ich habe mich in der Zeit draußen mit Loki, der mich herausgewunken hat, getroffen. Er erklärte mir, was bald geschehen würde. Und er bereitete mich auf den baldigen Überfall des Feuer-Riesen vor. Es war ein großes Schauspiel, bei dem er die Regie führte. Und nur für dich, mein Schatz. Aber du hast deine Aufgabe bravourös gemeistert. Ich habe deine Selbst-Opferung hautnah mitbekommen. Ich weiß, wie real das alles schien. Du bist für mich wahrlich durchs Feuer gegangen, ohne an dich selbst zu denken. Das war vielleicht die schwerste Prüfung, die je für einen Menschen erdacht wurde. Ich bin so unglaublich stolz auf dich, Freya.« Bewundernd berührt er daraufhin das Geschmeide um meinen Hals und fügt hinzu: »Die Walküren-Chefin scheint dich sehr zu schätzen.« Dann zieht er mich einfach mit sich.

Gemeinsam waten wir aus der Lava und schmiegen uns am Ufer noch einmal aneinander. Seine Nähe und seine Worte tun mir unglaublich gut.

Als ich tief in seine Augen blicke, erkenne ich, dass uns diese ungeheure Einssein-Ekstase niemals verlassen wird. Wie *ein* Wesen werden wir von nun an sein. Welch hehre Aussicht auf ein wirklich erfülltes Leben auf Erden.

»Übrigens!«, unterbricht Hardy mich in meinen Gedanken. »Die anderen Riesen dort auf dem Berg sind uns nicht ganz so freundlich gesinnt, wie dieser eine, der mich entführt hat. Also, nichts Unüberlegtes sagen! Und vor allem auch keine

Angst zeigen, wenn sie sich ungehobelt aufführen. Das ist nun einmal ihre Art.«

Zusammen steigen wir dann einen steilen Hang hinauf. Dahinter verbirgt sich, in einer Senke liegend, das Lager der Feuer-Riesen. Einige von ihnen lehnen an Gesteinsbrocken und schlürfen eine Art Suppe, die in einem riesigen Topf vor sich hin kokelt, aus gewaltigen Tellern. Ihre Gestalt ist ähnlich grobschlächtig, wie die der Riesen vom Angriff auf dem Gipfel-Plateau. Hier sind aber nur Feuer-Riesen zu sehen, keine Eis-Ungetüme. Kleine Flämmchen umlodern stetig ihre plumpen, braun behaarten Körper und die Lendenschurze, verbrennen sie aber nicht.

»Verehrte Jotuns, darf ich vorstellen, dies ist Freya, meine Gefährtin. Sie hat ihre Prüfung wohlbehalten bestanden, sonst wäre sie nicht hierhergelangt«, ruft Hartmuth den klobigen Gesellen zu, die zumeist unbeteiligt grunzen oder mich dümmlich anglotzen und sich die Lippen lecken.

Welch frivole Geste! Hier will ich nicht länger als nötig verweilen.

Einer der Feuer-Riesen – wahrscheinlich der Entführer – antwortet daraufhin: »Ah, dann gratulieren wir. Loki, der alte Halunke, hat nicht zu viel versprochen. Dein Menschen-Weibchen ist etwas Besonderes.« Dann deutet er auf den Kochtopf über dem Feuer. »Wollt ihr vielleicht noch mit uns schlemmen? Viel gibt es zwar nicht, nur ein paar frische Brocken Bimsstein aus dem Vulkan gekocht in feinem Schwefelsirup. Aber das mögt ihr Menschen gar nicht, oder?«

»Nein, das wäre zu scharf für uns. Viel zu heftig gewürzt. Wir sind nicht so hart im Nehmen«, gibt Hardy grinsend zurück. »Trotzdem herzlichen Dank für die Einladung. Wenn ihr Zeit habt, würden wir allerdings gerne das Katapult ausprobieren. Vielleicht klappt die Reise ja beim ersten Mal.«

»Klar klappt das!«, behauptet ein anderer sofort grummelnd.

»Glaubst du etwa, wir sind zu dumm zum Bauen von Reise-Maschinen?«, fragt ein Dritter maulend.

»Oh nein!«, beschwichtigt Hardy sofort. »So ein tolles Katapult habe ich überhaupt noch nie gesehen. Ich kenne niemand, der zu so etwas fähig wäre, außer euch Feuer-Riesen.«

Mir rutscht das Herz fast in die Hose, als ich das gigantische Katapult im Hintergrund des Lagers erblicke, das offenbar bereits gespannt ist. »Damit wollen die uns nach Åsgård zurückbefördern?«, flüstere ich zweifelnd meinem Schatz zu.

Dieser nickt überzeugt und antwortet: »Klar! Ist nicht schlimmer als der Fall von Bifröst, wie du ihn ja inzwischen auch erlebt hast, wie ich gehört habe. Du wirst doch nicht etwa Angst haben?«

»Manchmal ist ein Quäntchen Angst nicht das Schlechteste«, gebe ich zurück. »Könnte vor seltsamen Dummheiten bewahren.«

»Dummheiten?« Einer der Riesen wirkt plötzlich aufgebracht. »Wie meint sie das, dein Menschen-Weibchen?«

»Äh, nun, sie meint, dass es eine Dummheit wäre, dieses wunderbare Katapult nicht sofort auszuprobieren«, antwortet Hardy sofort schlagfertig.

»Ach so!«, brummt der Riese wieder besänftigt. »Das verstehe ich. Dann kommt mal her und steigt ein. Der Flug kann beginnen!«

Ich stoße Hardy mit dem Ellenbogen kräftig zwischen die Rippen. Trotzdem bleibt mir nichts anderes übrig, als über die angelehnte Leiter in diese riesige Katapult-Pfanne zu klettern. Hardy folgt mir auf dem Fuß.

Während ich mich an ihn klammere und er sich an mich, brüllt einer der Riesen: »Kann's losgehen?«

»Ja!«, schreit mein Freund zurück. »Wir sind bereit! Vielen Dank für alles!«

Statt einer Antwort vernehmen wir einen lauten Knall, als einer der Riesen den Mechanismus, der das Seil straff hielt, mit einem gewaltigen Hammerschlag löst. Dann schwinden mir fast die Sinne, als der Hebel mit irrsinniger Beschleunigung nach oben saust, plötzlich stehen bleibt und wir, durch die ungeheuerliche kinetische Energie angetrieben, hoch über die Berge geschleudert werden.

Aneinandergeklammert sehen wir, dass wir uns in Windeseile Åsgård nähern. Es ist ein Flug, der mit Worten nicht zu beschreiben ist. Nur als Ausdruck der Majestät der gesamten Schöpfung ist er überhaupt zu begreifen.

Kampf gegen Thor

Rainer berichtet:

Als ich nach Annas Hand greife, um sie zum Tanz mitzuziehen, der im begehbaren, offenen Mittelraum der festlichen Tafel begonnen hat, dringt von draußen ein seltsam pfeifendes Geräusch herein. Als ob sich etwas mit hoher Geschwindigkeit aus der Luft nähern würde. Wir eilen daher zu den Säulen und trauen unseren Augen kaum.

Hartmuth und Freya fliegen, eng aneinandergeklammert, durch die Luft heran. Je näher sie Wodans Palast kommen, desto langsamer verläuft ihr Flug. Das Pfeifen wird auch immer leiser. Schließlich schweben die beiden die letzten Meter herab, um sanft wie zwei Federn auf der Blumenwiese zu landen.

Schnell rennen wir zur Begrüßung hinaus. »Wie geht's euch denn?«, platzt es aus mir heraus. »Hat Freya ihre Prüfung bestanden?«

»Natürlich habe ich das. Sonst hätte ich Hardy ja nicht mit zurückgebracht!«, antwortet diese. »Aber kommt, lasst uns zu Wodan und Freya gehen, dann berichte ich alles. Sonst muss ich es zwei Mal erzählen.«

Zu viert begeben wir uns wieder hinein und treten auf Wodans Thron zu. Links neben ihm hat in der Zwischenzeit die Fruchtbarkeits-Göttin Platz genommen. Nun steht sie auf und geht erfreut auf ihren Prüfling zu. Sanft legt sie die Hände auf die Schultern ihrer Namensvetterin und sagt feierlich: »Du musst nichts berichten, holde Menschenfrau, wir haben alles mit angesehen. So manches Mittel gibt es für uns hierzu. Dein

Herz quoll wahrlich über vor Selbstlosigkeit. So warst du bereit, das höchste Opfer zu erbringen. Ja, du hast bestanden. Mit Bravour bestanden. Nimm meinen Liebes-Segen, den nur wenige Sterbliche bisher in dieser Form erfahren durften.« Dann nimmt sie das wertvolle Geschmeide um Freyas Hals noch einmal in die Hand, das sofort zu leuchten beginnt, als ob sie es irgendwie aufladen würde. Am Ende glüht und funkelt es nämlich noch viel stärker als zuvor. »Du wirst das Wirken der Liebe nun in all seinen Erscheinungen in der Menschenwelt erkennen können. Auch in seinen Übelsten«, erklärt die Göttin. »Die gemachte Erfahrung der ekstatischen Verschmelzung wird dir in Midgård aber niemals mehr abhandenkommen können. Und du wirst sie mit allem Seienden erleben können, nicht nur mit deinem Gefährten, denn der höchste göttliche Ur-Grund ist in den Tiefen aller Existenz verborgen. Und nur in Verschmelzung mit ihm kann der Mensch wahre Glückseligkeit erfahren. Dies ist mein Geschenk an dich. Es sei aber auch deine hehre Aufgabe von nun an, denn du sollst die wahrhaftige Liebe unter den Menschen verbreiten. Sei eine Sonne und leuchte als Liebes-Quell für diejenigen, die es danach dürstet. Aber wirf die Perlen niemals vor die Säue, wie der menschgewordene Christos euch einst schon geraten hat.«

Da verneigt sich Freya, der Mensch, in Dankbarkeit tief vor Freya, der Göttin, während Wodan sich lächelnd von seinem Thron erhebt und Beifall klatscht. Die Anwesenden in der Halle der Helden tun es ihm sofort gleich.

Als Freya würdevoll wieder zu ihrem Platz neben dem Göttervater läuft, begeben wir uns ebenfalls zu unseren Plätzen an der Tafel.

»Also, jetzt musst du doch alles haargenau erzählen, Freya«, platzt es neugierig wieder aus mir heraus. »Was ist passiert? Was …« Weiter komme ich nicht. Ein lautes Räuspern unterbricht mich. Und jemand klopft mir auf die Schulter. Erschrocken drehe ich mich um und blicke in das grinsende, rotbärtige Gesicht von Thor, der mehrmals seinen Finger krümmt zum Zeichen, dass ich nun dran bin.

***

Ein paar Stunden zuvor

Während Freyas Prüfung lief, kam Loki angeschlichen, blieb an einer Säule stehen und flüsterte, sodass es nur die angesprochene Person zu hören vermochte: »Rainer! Komm zu mir nach draußen!«

Rainer ahnte sofort, dass es wichtig war, sagte zu Anna, dass er kurz rausgehen wolle, und verschwand dann, ohne dass seine Abwesenheit anderweitig groß registriert wurde. Nur Wodan, der einäugig Sehende, saß schmunzelnd auf seinem erhöhten Sitz. Bedächtig und vorfreudig auf das anstehende, spezielle Ereignis strich er über seine auf dem Tisch liegende Doppelaxt.

Draußen schnappte sich Loki den verdutzten Rainer am Arm und zog ihn zwischen ein paar dicht stehende Magnolien-Büsche, deren Blüten einen derart intensiven Duft versprühten, dass Rainer ganz schwindelig wurde.

»Hey!« Loki rüttelte ihn ein paar Mal kräftig. »Fall nicht gleich um, nur weil ein lieblicher Duft dein Gemüt durchzieht.«

»Ja doch! Was gibt's denn, weil du mich nach draußen beorderst?«

Lokis schalkhaftes Gesicht schmunzelte ihn an. »Hör zu, Jungmanne!« Er blieb leise im Tonfall und blickte auch ständig um sich, als ob er sich vergewissern wollte, dass sie niemand zusammen sah. »Wenn Freya zurück ist, wird Thor dich zum Kampf herausfordern. Er ist eigentlich ein Menschenfreund, aber ich befürchte, mit dir hat er etwas Spezielles vor, weil er dir deine wissenschaftliche Arroganz austreiben möchte. Das macht den Kampf für mich schwer einschätzbar. Ich möchte dir deshalb ein Geheimnis verraten. Ein wahrlich so pikantes Geheimnis, dass mich Thor höchstpersönlich mit einem Tritt in den Hintern in den Rachen der Welten-Schlange befördern würde, würde er von unserem Gespräch erfahren. Denn unser Kriegsgott kann manchmal sehr schüchtern sein.«

»Wie bitte?«, stieß Rainer ungläubig hervor und schüttelte verwirrt den Kopf.

»Pst, nicht so laut!«, mahnte der Schalkhafte. »Ich will es dir ja erklären. Wir Gottheiten hier in Åsgård wissen genau über den Zustand der Menschenwelt Bescheid, wie dir ja schon bekannt ist. Und wir sind sehr daran interessiert, euch als aufrechte Kämpfer mit Tapferkeit im Herzen wieder zurückzuschicken, damit ihr vielleicht etwas zu verändern vermögt, wenn ihr wieder dort seid. Deshalb muss bei deiner Prüfung nun jedes Risiko vermieden werden. Thor ist dir unendlich überlegen. Er will dich natürlich weder töten noch schädigen, aber es könnte durchaus sein, dass er dir große Angst einjagen wird. Dann könnte die Prüfung schlecht für dich – und somit für euch alle – ausgehen. Ihr sollt schließlich euren Mut und eure Standhaftigkeit unter Beweis stellen. Falls diese Situation also eintritt. Falls Thor dich echt das Fürchten lehrt, dann solltest du ihn mit dem Geheimnis konfrontieren, von dem ich dir nun berichten werde. Und glaube mir, unser machtvoller Kriegsgott wird plötzlich sanft wie ein Lämmchen werden. Er will nämlich unbedingt vermeiden, dass diese Geschichte in Walhalla jemals die Runde dreht. Er würde zum Gespött aller Götter werden.«

***

Rainer berichtet weiter:

Am Handgelenk zieht mich der Hüne, der mich um zwei Kopfhöhen überragt, auf den inzwischen frei gewordenen Kampfplatz. Mir ist ziemlich mulmig zumute, als er auf den Waffenständer deutet und befiehlt: »Wähle deine Waffen!« Ich bin schließlich alles andere als ein Kämpfer. Jeder Streiterei bin ich bisher aus dem Weg gegangen – sowohl in der Schule als auch zu Hause. Mit meinen Eltern war sowieso nie zu debattieren. Die setzten immer einfach durch, was sie wollten. Ich bin also stets den Weg des geringsten Widerstandes gegangen, was mich in meiner Selbstachtung nicht gerade gestärkt hat. Das erkenne ich nun glasklar. Egal ob diese Ereignisse nun eine komatöse Halluzination sind oder bare Realität; ein Kampf gegen Thor wird meine Selbstachtung kaum erhöhen. Wie soll ich gegen diesen gigantischen Kriegsgott mit all seiner überirdischen Macht bestehen können?

Wenigstens konnte ich, nachdem Loki mir das große Geheimnis verraten hatte, einen perfiden Plan in mir reifen lassen, der vielleicht gelingen könnte. Das gibt mir immerhin ein bisschen Hoffnung.

Mit einem Ruck reiße ich mich selbst aus meinen Gedanken, laufe zum Waffenständer und hole mir einen kleinen, sehr feinen Dolch. Sonst nichts.

Als die Anwesenden das sehen, fangen viele herzhaft an zu lachen. Es muss schon sehr komisch wirken, wenn ein kampfunerprobter Mensch gegen den Kriegsgott und seinen alles zermalmenden Hammer mit einem kleinen Dolch anzutreten gedenkt. Ich aber schmunzle nur in mich hinein.

»Das kann nicht dein Ernst sein, Menschlein«, ruft Thor mir belustigt zu, als ich damit auf ihn zugehe. »Ich will mit meinem Hammer gegen dich antreten, um dich ordentlich zu vertrimmen. Und du wählst nur einen winzigen Dolch? Was soll das? Das Ding wird mich nicht mal kitzeln!«

In diesem Moment erhasche ich Lokis Blick. Er steht zwischen den Säulen und zeigt mir eine sehr menschliche Geste, indem er mir deutlich beide Daumen drückt. Dieses Zeichen macht mir augenblicklich so viel Mut, dass ich es wage, dem Åsen-Gott frech zu antworten: »Es heißt, du seist nahezu unbesiegbar, Thor. Ein menschliches Wesen soll dich sogar noch nie besiegt haben. Ich weiß also, dass ich keine Chance gegen dich habe. Aber – so wahr ich hier als Vertreter von Midgård stehe – ich werde hier und jetzt unter Beweis stellen, dass ein Sterblicher dazu imstande ist, dich zu besiegen. Und zwar mit diesem kleinen Dolch.«

Schallendes Gelächter ertönt von überallher auf meine herausfordernden Worte. Nur Wodan erhebt sich erstaunt, sieht mich lange aus der Ferne an und schreitet dann würdevoll die Tafel entlang auf uns zu, um den Kampf aus der Nähe zu sehen. Dies lässt das Hohngelächter sofort verstummen. Sehr selten nur nämlich schenkt der Göttervater einem Kampf – gerade wenn ein Mensch beteiligt ist – solche Beachtung.

Auch Thor, der bisher schallend gelacht hat, verstummt. Mit einer Mischung aus Verwunderung und Spott blickt er mich an. Dann kommt Wodan in der ersten Reihe der uns nun immer schneller umringenden Zuschauer an und ruft: »Der Kampf möge beginnen!«

***

Ein paar Stunden zuvor

»Hör mir genau zu!«, flüsterte Loki Rainer zu. »Als Thor einst tief schlief, raubte der garstige Riese Thrym seinen wertvollen Hammer, der wahrlich eine unbesiegbare Waffe darstellt. Thor war nach dem Erwachen maßlos erbost, da ihm klar war, dass er sich nicht einfach zu den Riesen aufmachen konnte, um den Hammer zurückzuholen. Thrym hätte ihn besiegt. Er fragte also mich um Rat. Und ich flog mithilfe von Freyas Feder-Kleid zu den höchsten Gipfeln von Jotunheim, dem gewaltigen Gebirge in Midgårds norwegischen Landen, wo Thrym und seine Kumpanen wohnten. Dort forderte ich den gestohlenen Hammer zurück. Thrym, sich in Selbstsicherheit wiegend, lachte mich aber aus und gab mir zu verstehen, dass Thor seine Waffe nur zurückerhalten würde, wenn die hehre Göttin Freya ihm zur Frau gegeben werde. Sie werde Mjöllnir als Brautgeschenk erhalten und könne damit dann machen, was sie wolle. Mit dieser Botschaft flog ich zu Freya zurück, übergab ihr das Feder-Kleid und berichtete von

Thryms Forderung. Sie jedoch wurde noch wütender als Thor. Mit ihr war also nicht zu rechnen. Nun wäre ich aber nicht Loki, der Meister der erfolgreichen Strategien, wenn mir nicht ein einmaliger Plan eingefallen wäre. So suchte ich Thor auf, überredete ihn, sich als Freya zu verkleiden und mit mir zusammen nach Jotunheim zu reisen, um sich – als Liebesgöttin verkleidet – dem Thrym als Braut anzubieten. Zwar schämte sich Thor in Grund und Boden und hatte nahezu panische Angst, dass diese Aktion in Åsgård bekannt werden könnte. Aber Jotunheim war weit weg. So hoffte er, dass nichts durchsickern würde. Er stimmte also zu.

Was habe ich gelacht, als sich unser mächtiger Krieger in einem Frauenkleid mit mir als Brautbegleiter auf den Weg zu den Bergriesen in Midgård machte. Glaube mir, die Gipfel der Hochgebirge schwankten unter meinen Lachsalven. Doch Thor war ganz und gar nicht zum Lachen zumute, denn die Scham über seine Verkleidung ließ den hehren Recken fast schon schüchtern werden. Dann kamen wir an. Thrym war hocherfreut, als er die vermeintliche Freya erblickte, deren Gesicht wohlverhüllt war, denn Thor hatte sich nicht gründlich genug rasiert. Der Riese wollte seiner Braut dennoch sofort den Brautkuss geben. Thors stechender Blick hielt ihn aber davon ab. Zum Glück, sonst wären wir sofort aufgeflogen. Und noch ein zweites Mal stand die Aktion auf Messers Schneide. Die vermeintliche Freya zeigte sich beim Hochzeits-Mahl nämlich derart gefräßig, dass die Jotuns nur noch staunten. Dann aber brachte Thrym vereinbarungsgemäß Mjöllnir und legte ihn seiner *Braut* auf den Schoß. Der Rest ist schnell berichtet: Thor packte seine Waffe und tötete damit einen Riesen nach dem anderen. Sie hatten keine Chance gegen den wütenden Kriegsgott.«

Begeistert hatte Rainer zugehört und es schien, dass ein Plan in ihm zu reifen begann, als er fragte: »Du meinst also, dass ich ihn mit diesem Wissen konfrontieren soll, wenn es schlecht für mich stehen sollte?«

»Nutze es, wie du willst, Junge. Verschlagen mag ich sein, aber großzügig bin ich auch, wenn es sich lohnt. Und ich glaube, bei euch lohnt es sich tatsächlich.«

Rainer wirkte plötzlich nachdenklich. Diese Geschichte war ihm nicht ganz unbekannt. Er erinnerte sich, dass er sich mit Hardy vor längerer Zeit bereits über die dahinterstehende Symbolik unterhalten hatte, als das Thema auf den Ying/ Yang-Ausgleich in einem ganzheitlich orientierten Menschen fiel beziehungsweise auf die Bewusstwerdung der weiblichen Kraft im Manne und der Manneskraft in einer Frau.

Hardy, der Mythen-Spezialist, meinte damals, durch diese Geschichte solle ausgedrückt werden, dass ein Mjöllnir (eines der nordischen Phallus-Symbole) erst ein Ausdruck unbegrenzter Macht sei, wenn der männliche Träger auch die weibliche Kraft in sich erweckt hat. Der machtvolle Thor konnte also die Riesen erst durch seine Manneskraft besiegen, nachdem er die weiblichen Aspekte der Freya in sich aufgenommen hatte.

Rainer konnte diesen Gedanken nicht länger verfolgen, denn schon sprach Loki weiter: »Und noch ein Tipp: Thors ungeheure Stärke kommt nicht nur von seiner göttlichen Muskelkraft, sondern vor allem von einem Zaubergürtel, den er stets trägt. Er nennt ihn Megingjarder. Würde er diesen Ledergürtel verlieren, wäre ein großer Teil seiner Kraft verschwunden. Wenn du diesen Gürtel an dich nehmen könntest, wäre es für dich ein Kinderspiel, Thor zu besiegen. Und nun wünsche ich dir das Glück, das du benötigst, auch wenn man dem Glück manchmal etwas nachhelfen muss, wenn es nicht ganz freiwillig kommen will.«

***

Rainer berichtet weiter:

Nach dem Startsignal versuche ich mich erst einmal, auf meine Gewandtheit zu verlassen. Kampfkunst oder Schwertkampf habe ich nie betrieben. Da ich aber in der Leichtathletik-Mannschaft der Schule und nicht gerade schlecht im Bodenturnen, am Reck, beim Weitsprung und beim Hochsprung bin, beginne ich wie Muhammad Ali um meinen Gegner herumzutänzeln und reize Thor immer wieder, um ihn zum Hammerschlag herauszufordern. Doch Thor – erfahren im Kampf – lässt sich nicht so leicht zu unbesonnenen Schlägen verführen, zumal er mich ja nicht töten will, wie Loki behauptet hat, sondern mir nur gehörig die Leviten zu lesen gedenkt. Ein paar Mal probiere ich, ihn mit der Dolchspitze zu treffen, was aber misslingt, denn er weicht mir problemlos aus. Es sind natürlich nur Scheinangriffe. Im Grunde habe ich etwas ganz anderes vor. Doch darüber will ich ihn vollkommen im Unklaren belassen. Ich stelle mich also absichtlich tollpatschig an, falle einige Male über meine Füße, rapple mich wieder auf, renne auf ihn zu und versuche ihn zu treffen. Dabei bin ich immer auf der Hut vor seinem allgewaltigen Hammer, den er beständig hin und her schwingt – den passenden Moment abwartend, um mir einen kräftigen Schlag zu versetzen. Ich aber baue weiterhin auf Tempo und Geschicklichkeit. Das macht den hehren Recken richtig wütend. Ich merke das, weil er zu schnauben und zu knurren beginnt und mit seinem Hammer immer wieder schwungvoll ausholt – ohne Gelegenheit, mir wirklich einen Hieb zu versetzen. Es wird also Zeit, ihn noch ein bisschen mehr zu reizen. Mit den Fingern der freien Hand deute ich die herausfordernde *Greif-mich-doch-an*-Geste an, hoffend, dass ein Åsen-Gott diese menschliche Gestik versteht.

Und wie er versteht! Mit wütend blitzenden Augen springt er auf mich zu, holt mit Mjöllnir aus und donnert den Hammer auf mich herab. In letzter Sekunde kann ich zur Seite hechten. So bleibt nur eine Schramme im Boden.

Als er Loki erblickt, der mit Freya etwas abseits von den anderen steht, wirkt er plötzlich unaufmerksam.

»Hey, Freya!«, rufe ich Thor daher provozierend, aber darauf achtend, dass es die anderen nicht hören, zu. »Wie war das damals, als du mit Loki aufbrachst?« Mehr muss ich nicht sagen. Es reicht, um ihn zu verwirren. Perplex lässt er seinen Hammer sinken und kneift die Augen kurz zusammen.

Bevor er etwas entgegnen kann, springe ich mutig auf ihn zu, rolle mich zwischen seinen gespreizten Beinen hindurch, stehe wieder auf, zücke meinen Dolch und schneide mit einer konzentrierten und gezielten Bewegung das Leder seines Zaubergürtels entzwei. Mit der anderen Hand packe ich den wertvollen Gürtel und reiße ihn dem Åsen-Gott vom Leib.

Dieser reagiert sofort. Er dreht sich um und will mich packen. Damit habe ich natürlich gerechnet. Er aber nicht damit, dass ich mich mit einer Rückwärtsrolle aus dem Staub mache und mir dabei den Gürtel um den Bauch lege. Das weiche Leder lässt sich problemlos verknoten, sodass der Gürtel hält. Plötzlich … ein immenser Schub an Kraft! Schon glaube ich fast, dass sie mich zerreißt, so unbändig fühle ich sie durch meine Adern pulsieren, als der Gürtel schlagartig seine Zauberkraft entfaltet. Thor ist von diesem völlig unerwarteten Angriff so überrumpelt, dass er verblüfft ausstößt: »Wer hat dir von Megingjarder berichtet?«

Noch während er seinen Hammer wieder hebt, springe ich ihn an, entreiße ihm Mjöllnir mit nur einer Hand, packe ihn mit der anderen am Gewand und ziehe ihn mit einem kräftigen Ruck zur Seite. Den Hammer halte ich ihm dabei zwischen die Füße, sodass er stolpert und zu Boden fällt.

Die Zuschauer brechen in tosende Beifalls-Stürme aus, als ich mich breitbeinig über ihn stelle, den Hammer drohend erhebe und rufe: »Thor, edler Åsen-Gott und Kampfkunst-Meister, gibst du zu, von mir – einem Sterblichen – besiegt worden zu sein?« Das Tosen in der Halle bricht daraufhin jäh ab. Jeder will Thors Antwort hören.

Der aber blickt mir tief in die Augen. Erst wütend, dann maßlos erstaunt, dann nahezu flehend. Ich weiß genau, was er meint. »Ich verspreche, niemandem etwas von der netten Geschichte in Jotunheim zu berichten. Das bleibt unser kleines Geheimnis«, flüstere ich so leise, dass nur er es verstehen kann. Dabei grinse ich über mein ganzes Gesicht.

Da plötzlich bricht das Eis und Thor richtet seinen Oberkörper auf. Mit donnernder Stimme ruft er: »Ich gebe zu, von dir besiegt worden zu sein, Sterblicher. Und – Wodan sei mein Zeuge – du hast den Sieg verdient, denn hereingelegt hast du mich, als ob Loki dein Lehrmeister gewesen wäre.«

Als ich dem hehren Thor die Hand reiche und die gewaltige Gestalt mithilfe der neuen Kraft hochziehe, beginnt das Publikum erneut zu toben und zu klatschen. Dann knote ich den Gürtel wieder auf, nehme ihn ab und gebe ihn sowie den Hammer mit einer respektvollen Geste dem Besiegten zurück.

»Ich erbitte deine Verzeihung, edler Thor, weil ich den Gürtel mit meinem Dolch verletzen musste. Anders aber wäre mir nicht gelungen, dich zu besiegen. Und, ja, ich gebe zu, dass mir Loki den Tipp gegeben hat. Die Vorgehensweise habe ich mir aber selbst zurechtgelegt.«

Thor legt daraufhin Gürtel und Hammer auf den Boden, tritt auf mich zu und legt mir freundschaftlich die rechte Hand auf die Brust. Würdevoll sagt er zu mir: »Selten habe ich einem Sterblichen Respekt ausgedrückt. Aber dir, junger Krieger, drücke ich sogar meinen höchsten Respekt aus. Du bist nicht nur unerschrocken vor mir gestanden, sondern hast es auch geschafft, mich vollkommen über deine Absichten und deine Raffinessen im Unklaren zu lassen.«

Dann hebt er seinen Gürtel wieder auf und beginnt sich zu konzentrieren, während er ihn hochhält, als ob er ihn von den hohen Sonnenkräften weihen lassen wollen würde, bis der Gürtel plötzlich irgendwie flimmert. Wenige Sekunden später hält der Gott zwei in der Hand. Sein Original legt er weg, mit der filigraner wirkenden Kopie tritt er noch näher an mich heran und erklärt feierlich: »Junger Krieger, für deinen Sieg über mich möchte ich dir ein Geschenk übergeben, das deiner würdig ist.« Damit legt er mir den zweiten, völlig intakten Gürtel um die Taille. Er liegt an, als ob er eigens für mich gefertigt worden wäre. »Nimm diese Kopie meines Zaubergürtels als Erinnerung an unseren Kampf. Er wird in Midgård nicht sichtbar sein, ebenso wenig wie das Geschmeide, das Freya ihrer Namensträgerin gab. Er wird dich aber stärken und stützen. So kannst du ein großer irdischer Krieger werden. Nicht im Sinne eines für euch Menschen typischen Machtkampfes natürlich – diese Zeiten sollten nun vorübergehen in eurer Welt –, wohl aber im Sinne eines wahren Kämpfers für Wahrheit und Gerechtigkeit auf Erden. Die Wirkung dieses Kleinods wird dir einen Hauch von Unbesiegbarkeit verleihen. Und überall wo du dich aufhältst, werden die Menschen an ihre eigene Tapferkeit und an den göttlichen Mut ihrer Seele erinnert werden. Alleine durch deine Anwesenheit.« Respektvoll neigt er den Kopf, bevor er zur Seite tritt, um für Wodan Platz zu machen.

Majestätisch schreitet der auf mich zu und ruft: »Anna, Freya und Hartmuth! Bitte stellt euch zu eurem Freund. Ich habe euch allen etwas Wichtiges zu verkünden.« Während die drei sich zu mir gesellen, scheint sich das Licht etwas zu verdunkeln. Dafür treten etwa zwanzig Elben vor die Zuschauer. Sie entzünden kleine Laternen, die ein überwältigend himmlisches, silbernes Licht verbreiten. Das Murmeln der Zuschauer erstirbt sogleich und eine überirdische Stille tritt ein. Dann fliegen mindestens hundert leuchtende Blumenfeen in die Halle und stimmen einen zauberhaften Gesang an. Er scheint die Herzen aller Anwesenden zu öffnen, während einige Menschenkrieger im Hintergrund hypnotisch wirkende Trommelschläge verursachen und wir von der Faszination dieser Atmosphäre schon nahezu in Trance geraten.

Wodan aber steht wie ein Fels vor uns. Sein strahlend blaues Auge blickt in die Ferne, als ob er in die Zukunft der Menschheit sehen wollen würde. Als die Atmosphäre vor

Bezauberung und Majestät nahezu prickelt, beginnt er würdevoll zu uns zu sprechen: »Als vier Fremde kamt ihr in meine Halle, als vier Freunde entlasse ich euch nun wieder. Kaum jemand von uns Åsen und Wanen hat geglaubt, dass ihr die Prüfungen bestehen würdet, die wir für euch vorbereitet hatten. Umso mehr erstaunte es uns, als ihr der Reihe nach die hohen Kräfte des Menschseins in euch erblühen lassen habt, die wir Götter so lange bei den Menschen vergeblich gesucht haben. Ja mehr noch, wir hatten euch Menschen fast aufgegeben und waren bereit, Ragnarök einzuleiten, um alles wieder von vorne beginnen zu lassen. Heimdall hatte sein Horn schon blank geputzt.

Ihr jungen Menschen aber habt unsere Erwartungen bei Weitem übertroffen. Eure Siege zeigen uns, dass die Menschheit keine verlorene Spezies ist, sondern die Dunkelheit der Entwicklung durchschritten hat. Jetzt steht ihr wahrlich am Beginn der Dämmerung zum wahrhaftigen Sein und vor einem überwältigenden Aufstieg. Ein Neubeginn allen Seins wäre somit völliger Unsinn.

So möchten wir euch nun bekunden, dass wir nicht nur ungeheuer stolz auf euch sind, sondern dass wir all unsere Hoffnung in euch legen, wo ihr nun wieder nach Midgård geleitet werdet. Sobald ihr dort angekommen seid, werden die Göttergeschenke euer Leben vollends zu transformieren beginnen. Wenn das geschehen ist, wird sich diese Transformation fortpflanzen und fortpflanzen, bis schließlich die Nacht der menschlichen Entwicklung gänzlich dem frohen Tagesanbruch eines neuen Äons gewichen ist. Eines Äons, in dem ihr Menschen euch wohl in Geist und Kraft, in Tapferkeit und Wahrhaftigkeit sogar über uns Götter erheben könntet.

Der All-Eine, dem wir alle entspringen, hat diese Möglichkeit in euch angelegt. Ob ihr sie nutzen werdet, liegt alleine an euch Menschen. Nicht mehr an uns.«

Wodan macht eine kurze Pause, auch die Feengesänge verstummen und das Trommeln im Hintergrund hört auf, wodurch die Spannung nochmals steigt und die erhabene Stimmung verstärkt wird. Dann tritt er zu Hartmuth und sagt: »Du warst der erste Prüfling. Dein Geschenk war der Mut des Fenris-Wolfs, dessen absolute Furchtlosigkeit in dich eingedrungen ist, und der feurige Drachenatem des Nidhöggr, der dich mit der nie versiegenden Energie und Zähigkeit der Drachen durchflutet hat. Empfange daher den roten Siegelring des Åsenkönigs. Er wird in der Menschenwelt sichtbar sein und die Kräfte in dir festigen. Möge dein Lebenspfad der eines furchtlosen Kämpfers für das Edle und Wahrhaftige sein, wo immer du es auf Erden zu manifestieren gedenkst. Und mögen all deine Träume sich nun realisieren – ausnahmslos.«

Dankbar nimmt Hartmuth einen rot schimmernden Ring entgegen und steckt ihn stolz sofort an den Ringfinger der rechten Hand.

Dann wendet sich Wodan an Anna: »Du stehst mir so nahe! Ich werde deine Schönheit und deine Anmut niemals vergessen. Bis zum Ende der Zeiten werde ich dich in meinem Herzen tragen. Dein Geschenk war das Wasser der Weisheit aus dem Mimir-Brunnen, aus welchem noch kein sterblich Wesen je einen Schluck hat trinken dürfen. Du wirst in deinem irdischen Leben bald eine Erkenntnisfähigkeit und Weitsicht entwickeln, die auf Erden ihresgleichen suchen wird. Als Lehrerin für viele wirst du einst diese Weisheit jenseits des schnöden, mentalen Wissens unter dem Menschengeschlecht verbreiten, dass sein Geist sich alsbald weite für die nächste Stufe des Seins und niemals wieder Gefahr läuft, in Trägheit zu verfallen. Empfange von mir den violetten Siegelring des Åsenkönigs. Auch er wird in der Menschenwelt sichtbar sein und jene hohe Weisheit und Wahrheit in dir festigen. Möge deine Anmut stets die Herzen der Menschen bezaubern, wie sie auch mich bezauberte.«

Anna stehen die Tränen in den Augen, als der Göttervater ihr den violetten Ring überreicht.

Dann wendet er sich an Freya: »Wie war ich erstaunt, als die Führerin der Walküren ein Duplikat ihres segensreichen Geschmeides um deinen zarten Hals legte. Niemals zuvor war diese Gunst einer Sterblichen vergönnt worden. Noch erstaunter war ich, als du in bewusster Aufopferung und ohne zu zögern den Gang durch die Lava antratest. Die Verschmelzung deines Wesens in höchster Liebeskraft mit einem anderen Wesen war eine Tat, die eigentlich dem Menschsein der nächsten Ebene angehören sollte. Du hast sie bereits vollzogen. Das wird seine Auswirkungen in Midgård haben. Auswirkungen, deren Reichweite noch niemand zu ermessen imstande ist. Nicht einmal ich! Lehre der Menschheit die selbstlose Liebe! Zeige deinen Mitmenschen, dass der Sinn ihres Lebens nicht aus Gier und Gelüsten besteht, sondern daraus, Liebe und Eins-Sein zu verkörpern, um die höchsten Eigenschaften des Menschseins hervorbringen zu können, die der All-Eine einst in euch legte, sodass ihr irgendwann wahre Unsterblichkeit erlangen werdet. Empfange von mir daher den weißen Siegelring des Åsenkönigs. Auch er wird in der Menschenwelt sichtbar sein und die sonnengleiche Liebes-Macht in dir festigen. Weiß ist nämlich sowohl die Farbe der höchsten Reinheit als auch der Bewusstseins-Fülle, die dein Leben von nun an durchdringen möge.«

Ehrfürchtig kniet sich Freya vor Wodan hin und küsst seine Hände in Dankbarkeit, nachdem er ihr den Ring überreicht hat.

Er aber zieht sie wieder hoch und umarmt sie kurz und fest, bevor er zu mir tritt. »Du, mein Sohn, durchlebtest zwar die kürzeste Prüfung«, beginnt er zu verkünden, »doch brachtest du uns allen eine wahrlich nicht erwartete Überraschung. Noch nie hat ein Sterblicher meinen Sohn im Kampf besiegt. Deine wohlüberlegte Strategie aber zeigte, dass sich in dir der höchste Mut und die größte Schlauheit vereinen. Thors Geschenk, der Gürtel der Unbesiegbarkeit, wird dir in deinem Leben nicht nur die Stärke eines Gottes verleihen, sondern dir auch helfen, ein Medikus für die Menschen zu werden und ihnen unvergleichliche Dienste zu leisten. In eurer Welt gilt es nämlich nicht nur den Körper und den Geist zu heilen, es gilt die gesamte Erde zu heilen, deren eiternde Wunden bis nach Åsgård um Hilfe schreien. Einer von euch muss diese Hilfe erbringen. Dazu ist aber die Stärke eines Kriegers ebenso vonnöten, wie die heilende Kraft eines wahren Medikus. Empfange von mir deshalb den grünen Siegelring des Åsenkönigs. Natürlich wird auch der in eurer Welt sichtbar sein und die heilenden Kräfte in dir festigen. Diese Heilkraft soll von nun an die Auswüchse und Geschwüre der Menschenwelt entfernen, sodass der Planet das werde, zu dem er bestimmt ist – ein kosmisches Juwel von ungeheuerlicher Schönheit.« Damit überreicht er mir einen strahlend grünen Ring. Ich ziehe ihn sofort auf den Ringfinger der rechten Hand, falte die Hände zur Dankbekundung und verneige mich tief vor ihm.

Donnernder Applaus dröhnt durch die Halle, als die Elben ihre Laternen löschen, das normale Licht wieder auflebt und die Zuschauer sich zu ihren Plätzen an der Tafel begeben. In der Zwischenzeit sind mehrere Harfinistinnen herbeigetreten. Jetzt stimmen sie eine verzückende Musik an.

Auch Wodan begibt sich wieder zu seinem Platz an der Tafel.

Da kommen plötzlich Loki und Thor auf uns, die wir noch ganz verwirrt von der ungeheuren Ehrung dastehen und zu keinen Reaktionen fähig sind, zu.

»Wollt ihr noch ein wenig mit uns feiern?«, fragt Loki. »Oder soll es zurückgehen nach Midgård?«

Nahezu gleichzeitig antworten wir, dass wir gerne zurückkehren würden.

»So sei es dann! Ich verabschiede mich jetzt von euch. Es hat mir viel Freude gemacht, euch hierherzugeleiten. Noch mehr Freude aber haben mir eure bestandenen Prüfungen gemacht. Lasst auch mich den höchsten Respekt für euch ausdrücken. Und wenn ihr mal einen besonderen Rat brauchen solltet – den Rat eines Gauners –, wisst ihr ja, wo ihr mich finden werdet. Ich liebe den Walhalla-Nachbau an der Donau. Nachts trefft ihr mich dort öfters!« Dann schüttelt er jedem von uns die Hand und wendet sich in Richtung Treppe.

An den Stufen angekommen, dreht er sich noch einmal um und ruft: »Am meisten aber hat mir Spaß gemacht, dem ach so unbesiegbaren Thor einen Streich zu spielen und einem ach so schwachen Menschen mit ein paar unbedeutenden Informationen zum Sieg über ihn zu verhelfen!«

»Verschwinde, du Halunke!«, schreit Thor ihm lachend nach. Er ist sichtlich nicht mehr böse auf ihn.

Dann sieht der Kriegsgott uns alle der Reihe nach an und sagt: »Ich werde euren Rücktransport übernehmen. Kommt mit nach draußen.«

Zum Abschied winken wir daraufhin in die Runde der Anwesenden und viele winken sogar zurück.

Dieses Bild hinterlässt in uns einen letzten Eindruck von Walhalla; einen Eindruck der Fröhlichkeit!

Als wir draußen ankommen, zeigt Thor auf ein großes Gespann. Es ist ein breiter, goldbehauener Kriegswagen, der von zwei gewaltigen Ziegenböcken gezogen wird.

»Das ist mein persönliches Gefährt«, erklärt Thor. »Wir fliegen damit zunächst zu meinem Palast Bilskimir, dem größten Bauwerk in Åsgård, der fünfhundertvierzig große Säle umfasst. Dort wohnt auch meine goldgelockte Gattin, Sif. Hinter Bilskimir öffnet sich ein bodenloser Abgrund. Er führt jedoch nicht nach Hel, sondern ist eine Abkürzung nach Midgård. Schon bald werdet ihr also wieder auf der Erde sein.« Einladend breitet er seine Arme aus und ruft: »Bitte einsteigen!«

Der Reihe nach klettern wir auf den Wagen und stellen uns an den Rand, wo wir uns gut festhalten. Dann springt auch Thor auf, packt die bereitliegenden Zügel und befiehlt den Böcken: »Hurtig voran, meine Getreuen! Es geht nach Hause!«

Gezogen von den Ziegen, erhebt sich der Wagen sanft in die Luft, um sich dann in immer rasanterer Fahrt dem fernen Gebirge zu nähern, wo schon nach kurzer Zeit ein wahrlich gigantisches Bauwerk auf einem Hoch-Plateau zu erkennen ist. Wir ahnen, dass sich unser Aufenthalt in Åsgård damit dem Ende zuneigt. So saugen wir noch einmal all die wunderbaren Eindrücke dieser kraftvollen Götterwelt so intensiv wie nur möglich in uns ein. Die von Licht durchflutete Landschaft. Die himmelhohen Berge. Walhalla. Bilskimir. Das fantastische Flug-Gespann Thors. Es ist wie ein Wunder. Einfach unglaublich!

Thor unterbricht uns leider, als er nach unten deutet und ruft: »Seht, hier winkt uns meine Gattin von den Zinnen Bilskimirs zu!«

Während er zurückwinkt, sehen wir tatsächlich auf dem höchsten Turm des gigantischen und prunkvollen Bauwerkes eine zarte, goldbehaarte Gestalt. Dann aber erblicken wir den gewaltigen Abgrund, der sich hinter Thors Palast auftut.

»Hurtig, hurtig, meine Getreuen! Eilt euch, eilt euch, wir brauchen gehörig Schwung, um meine Gäste nach Midgård zu schleudern!«, feuert der Gott seine Ziegenböcke noch einmal lautstark an, während Freya kläglich: »Bitte nicht schon wieder!«, wimmert. Doch da ist es schon geschehen!

Spontan lässt Thor seine Ziegen so wenden, dass der Scheitelpunkt ihrer Kurve unten liegt, dann zieht er die Böcke mit den Zügeln wieder nach oben, was einen so starken Ruck verursacht, dass wir in hohem Bogen aus dem Gefährt und direkt in den Abgrund stürzen.

Mit wehenden Haaren steht Thor in seinem Streitwagen, als er uns zum Abschied zuruft: »Lebt wohl, Sterbliche! Es war eine schöne Zeit mit euch. Und dir, mein Bezwinger, möge die höchste Kampfkunst zuteilwerden, um deine Mission zu erfüllen, in Körper, Geist und Seele, wo sie sowieso schon in Form von Wahrhaftigkeit existiert.«

»Lebe wohl, edler Thor!«, rufe ich so laut es geht zurück und spreche damit für uns alle. »Wir wünschen dir die nötige Kraft für den künftigen Kampf mit der Midgård-Schlange! Wenn es denn noch einmal so weit kommen sollte!«

Dann fallen wir in die Tiefe und Dunkelheit umfängt uns.

Das Erwachen

Anna erzählt:

Als ich die Augen öffne, brauche ich eine Weile, um mich zu orientieren. Weil mir das ungewohnte Licht in den Augen schmerzt, schließe ich sie sofort wieder und beginne dann zu blinzeln, um zu erkennen, wo ich bin.

»Anna, Anna!«, höre ich sodann eine mir bekannte Stimme. »Wach doch auf! Lisbeth, schau her, sie hat mit den Augen gezwinkert!«

Plötzlich bin ich hellwach. Mist, das ist die Stimme meines Vaters! Seltsamerweise nicht einmal besoffen.

Ich bleibe noch einen Augenblick ruhig liegen, um meine Erinnerungen zu sortieren. Was – um Himmels willen – ist geschehen? Walhalla … das Besäufnis in der Nacht … das Tor … wie Gummi … ein Portal … wir waren in der wirklichen Walhalla! Aber nein, ich liege hier im Bett … helles Licht … eine Klinik vielleicht?

War doch alles ein Traum?

Langsam öffne ich die Augen und sehe meinen ungeliebten Vater und meine Mutter an meinem Bett sitzen. Ja, es ist ein Klinik-Zimmer. Als ich den Kopf drehe, erkenne ich, dass neben mir meine drei Freunde liegen. Sie schlafen.

Mutter beugt sich zu mir herunter und drückt mich kurz. Dann fragt sie: »Anna, was ist denn nur passiert? Wir hatten solche Angst um dich«, um sogleich rasch hinzuzufügen: »Und um deine Freunde.«

Immer noch meine nun langsam zurückkehrenden Erinnerungen sortierend, antworte ich stockend: »Wir waren auf der

Walhalla und haben ein wenig gefeiert. Doch dann, ja ich weiß nicht recht …«

Mein Vater sieht mich irgendwie komisch an, während er sagt: »Mädchen, mein Mädchen, ich bin so froh, dass du aufgewacht bist!« Mehr bringt der Alte nicht heraus. Ihm stehen Tränen in den Augen.

Ich will schon etwas Ablehnendes entgegnen, da kribbelt es mir plötzlich ganz intensiv mitten auf der Stirn und mir ist, als ob ich in meinem Vater auf einmal wie in einem offenen Buch lesen kann. Ich erfasse seine Gedanken! Sie sind wahrlich voller Liebe mir gegenüber. Ehrlicher, väterlicher Liebe. Keinerlei Gier. Keine absurden Gedanken, die ich ihm immer angedichtet hatte. Sein ganzes Wesen leuchtet auf eine ganz seltsame Weise und ich registriere, so leuchtet nur jemand, dessen Aura eine hohe Reinheit besitzt. Da spüre ich auch seinen ganzen Schmerz, verursacht durch die Arbeitslosigkeit und die Tatsache, dass er mit Hartz IV nicht mal seine Familie ernähren kann. Ich sehe seine Qual, weil er ein Mal im betrunkenen Zustand Mama geschlagen hat. Ich erkenne zudem die Ursache seines Trinkens. Er war einfach zu schwach und zu zart, um sich in einer immer brutaler und rücksichtsloser werdenden Welt zu behaupten. Tiefes Mitgefühl für ihn durchfließt mich in diesem Moment. Und ich schäme mich, ihn so lange derart verkannt zu haben. Wie kommt es nur, dass ich dies alles erst jetzt erkenne?

Dann setzt die komplette Erinnerung ein: Bifröst, Walhalla, unsere Prüfungen, die Ehrung, der Abschied, der Rückflug mit Thors Streitwagen ... und natürlich meine Erfahrungen am Mimir-Brunnen, wo ich das Wasser der erkennenden Weisheit getrunken habe. Dies hat offenbar tatsächlich Auswirkungen auf mein physisches Leben.

»Papa!«, rufe ich plötzlich aus und umarme ihn. »Schön, dass du da bist. Und entschuldige, dass ich in letzter Zeit so abweisend gewesen bin. Ich war einfach nicht gut drauf. Und da habe ich ständig die Schuld bei anderen gesucht.«

»Ist schon gut, Anna«, antwortet er. »Ich war ja auch nicht gut drauf. Ich habe ständig Bier getrunken. Aber damit ist jetzt Schluss. Ich trinke nicht mehr. Und dabei bleibt's auch. Ich habe nämlich wieder Arbeit als Landschaftspfleger bekommen. In einem Blumenpark.«

Liebevoll blicke ich meine Eltern an. Besonders Papa, dem ich – in Gedanken zumindest – so Unrecht getan habe. Meine Ablehnung hat er sicher auch gespürt, was ihm bestimmt weiteren Schmerz bereitet hat.

Da klopft es an der Tür und der Oberarzt kommt herein.

»Ach, Anna, ist das schön, dass Sie aufgewacht sind!«, ruft er freudig.

Mir bleibt der Mund offen stehen, weil ich auch in ihm lesen kann, was in letzter Zeit alles passiert ist. Die Geschichte mit dem angebotenen Vertrag der Pharma-Industrie zum Beispiel. Ich erkenne aber auch seinen Willen, etwas zu ändern.

»Drogen haben wir bei Ihnen keine im Blut gefunden, trotzdem waren Sie alle hoch komatös«, beginnt der Arzt zu erzählen. »Seit etwa einer Stunde geht's aber plötzlich wieder aufwärts mit Ihnen. Ihre Freunde werden wohl auch bald erwachen. Sie alle liegen in diesem Zimmer, weil man zunächst an etwas Ansteckendes dachte und Sie besser unter Quarantäne gestellt hat. Aber, sagen Sie, haben Sie eine

Erklärung für dieses kollektive Koma? Die paar Flaschen Bier, die die Sanitäter gefunden haben, und die eine Flasche Wodka können das nicht ausgelöst haben.«

»Wir haben schon eine Erklärung, denke ich, aber sie ist irgendwie kaum in Worte zu fassen. Vielleicht später einmal, falls wir uns erneut treffen sollten, Herr Dr. Bromann.

Übrigens, meine Hochachtung für Ihren Entschluss! Ich meine die Sache mit dem zerrissenen Vertrag. Bleiben Sie bitte dieser Entscheidung treu. Dann wird sich schon bald viel ändern, glauben Sie mir.«

Dr. Bromann sieht mich mit heruntergeklapptem Unterkiefer an, als ob er gerade aus Åsgård herabgefallen wäre, nicht wir. »Ähm, ja, äh, wie … also wie … na, egal, wir reden später weiter«, stottert er zum Abschied. »Ich wünsche Ihnen erst einmal eine angenehme Genesung«, sagt er noch, bevor er verdattert zur Tür hinausgeht.

»Anna!«, höre ich da plötzlich die Stimme meines Freundes, noch bevor ich ihn an mein Bett springen sehe. Sofort umarmen wir uns. Dann erst gibt er meinen Eltern zur Begrüßung die Hand.

»Mama, Papa, hier seht ihr den stärksten Kämpfer aller Zeiten«, stelle ich ihnen Rainer vor. »Nicht einmal die nordischen Götter gewinnen gegen ihn!«

Meine Eltern blicken sich kurz verdutzt an, bevor meine Mutter liebevoll sagt: »Ist gut, Anna. Schlaft einfach noch ein wenig. Wir kommen morgen wieder. Den Eltern deiner Freunde geben wir natürlich gleich noch Bescheid, dass es euch gut geht. Jetzt ruht euch aber erst einmal aus.« Dann gehen sie hinaus, wohl vermutend, dass wir alle noch unter den Nachwirkungen des Komas leiden.

»Auf Wiedersehen!«, ruft Rainer ihnen hinterher, bevor er meine Hand nimmt und sie absucht. »Kein Ring!«, stellt er sichtlich enttäuscht fest. »War es vielleicht doch nur eine Halluzination?«

»Nein!«, erwidere ich überzeugt. »Ich konnte eben die Wirkung des Wassers aus dem Mimir-Brunnen überdeutlich spüren. Rainer, ich kann gewisse Ereignisse erkennen, ich schnappe Gedanken von Menschen auf und lese in ihrer Vergangenheit. Es ist unglaublich.«

»Ach ja? Was denke ich gerade?«, fragt er schelmisch.

»Ich dich auch!«, gebe ich lächelnd zurück und drücke ihm einen Kuss auf den Mund.

»Wenn du jetzt in anderen Menschen lesen kannst, hat sich bei mir vielleicht auch etwas verändert.« Er erhebt sich von meinem Bett, packt das Bettgestell am Fußende und hebt es problemlos mit einer Hand ein Stück hoch, bevor er es vorsichtig wieder absetzt.

»Tja!« Rainer hebt die Augenbrauen. »Früher hätte ich das nicht einmal mit beiden Händen geschafft. Thors Gürtel muss tatsächlich echt sein, ich spüre ihn auch irgendwie energetisch. Also doch keine Halluzination?«

Plötzlich regt sich in einem anderen Bett etwas.

»Hey, schmusen könnt ihr, wenn wir draußen sind. Und um seine Kraft zu demonstrieren, ist das auch nicht der geeignete Ort!«, ruft Freya zu uns herüber. Sie scheint uns schon eine Weile zu beobachten.

Kurz danach wird auch Hartmuth wach. Als er sich aufsetzt, greift er sich an seinen Bauch und haucht verwundert: »Was ist denn hier los? Mein Speckwulst ist verschwunden und hat auch keine labbrigen Hautfalten hinterlassen.«

Wir staunen alle nur noch verblüfft.

Während der folgenden Stunden kommen der Arzt und die Schwester immer wieder herein und wir müssen kurze Untersuchungen über uns ergehen lassen. Blut wird abgenommen. Fragen gestellt. Schließlich gibt der Oberarzt zu: »Wir haben keine Ahnung, warum Ihnen das passiert ist. Sie selbst finden ja auch keine befriedigende Erklärung dafür, wie es scheint. Deshalb werden wir Sie morgen auch entlassen. Ihre Werte sind völlig normal. Keinerlei verdächtige Anzeichen für eine Erkrankung. Genießen Sie diesen Tag noch als Urlaub und morgen können Sie dann gehen.«

Am Nachmittag besuchen uns die Eltern von Freya und Hardy. Nur Rainers Eltern rufen lediglich an. Sie stecken – natürlich – bis zum Hals in Arbeit.

Am Abend setzen wir uns zusammen in eine kleine Sesselecke im Aufenthaltsbereich der Station und unterhalten uns über die vergangenen Erfahrungen. Jeder von uns hat massive Veränderungen an sich bemerkt.

Hardy quillt fast über vor Energie. Freya erkennt in allem Existierenden mehr und mehr das liebevolle Wirken des All-Einen. Und alle haben wir hochtrabende Pläne, was unsere Zukunft sowie die Zukunft der Menschheit betrifft. Ja, wir wollen etwas verändern. Wollen etwas ganz Besonderes manifestieren. Wollen dafür sorgen, dass Wahrhaftigkeit sich unter unseren Zeitgenossen ausbreitet. Dafür beschließen wir, so rasch wie möglich zusammenzuziehen. Eine kleine Wohngemeinschaft zu viert ist geplant. Draußen auf dem Land. Von dort aus wollen wir unsere Körper, unseren Geist sowie unsere Wahrnehmung trainieren, um Wodans Auftrag wirklich gerecht werden zu können.

»Freunde!«, beginnt Hartmuth etwas bedrückt, als wir uns schon erheben wollen, um zu Bett zu gehen. »Wir haben wirklich Faszinierendes erlebt. Es hat uns völlig verändert. Dennoch muss es eine Art Vision, eine Halluzination gewesen sein, die nur real in unserem Bewusstsein ist. Auch wenn das nicht erklärt, warum ich plötzlich so schlank bin und Rainer seine Körperkräfte verdreifacht hat. Aber die Ringe fehlen. Wodan hat jedem von uns erklärt, dass sie auf der Erde sichtbar sein würden, im Gegensatz zu den anderen Geschenken.«

»Vielleicht gibt es dafür eine ganz einfache Erklärung, auf die wir nur gerade nicht kommen«, seufze ich in der Hoffnung, dass es doch so sein würde. Ich will gerade aufstehen, als Rainer das Wort ergreift. Niedergeschlagen murmelt er: »Leute, ich wünsche mir so sehr, dass alles echt war. Aber … vielleicht hatte ich von Anfang an recht!« Er zuckt mit den Schultern, steht auf und dreht sich von uns weg. Nur ich erkenne, dass er kurz davor steht, einfach loszuheulen.

Als wir ebenfalls aufstehen, vernehmen wir Schritte im Gang. Sie nähern sich rasch. Schon biegt eine Gestalt um die Ecke und geht direkt auf uns zu.

Ihr Anblick lässt meinen Puls höher schlagen. Es ist eine hehre Männerfigur. Sie hat silbergraue Haare mit leichtem Blaustich im Neonlicht. Ein höchst würdevolles, edles Gesicht mit königlichem Ausdruck. Und – nur *ein* hellblau strahlendes Auge. Das rechte Auge ist, wie deutlich zu sehen ist, lediglich ein Glaskörper. Eine Verletzung durch einen Unfall vielleicht, denn drum herum sind viele Narben.

Wodan!, durchfährt es mich. *Das kann doch nicht sein*!

Mit einem freundlichen Lächeln auf den Lippen gesellt der Mann sich zu uns und sagt: »Schönen guten Abend, die

Damen und Herren. Mein Name ist Professor Hodin, Chefarzt der Notfallmedizin. Ich sehe, es geht Ihnen wieder gut. Das freut mich sehr, denn Sie waren sehr rätselhafte Fälle. Aber, nun, die Medizin ist nicht allwissend. Wir werden wohl nie erfahren, was sich wirklich abgespielt hat, oder?«

Da meine Freunde zu perplex sind, um zu antworten, erwidere ich: »Vielen Dank, dass Sie sich umsehen, Herr Professor. Was Ihre Frage angeht, haben wir zwar eine Vermutung, aber …«

»Sie können es mir nicht sagen, stimmt's?«, unterbricht mich der Professor. »Ich vermute, Sie sollen es auch nie jemandem sagen. Und das ist gut so! Manche Dinge sollten lieber im Herzen bewahrt bleiben. Sie leichtsinnigerweise zu offenbaren, könnte nur allerlei schlafende Hunde wecken. Außerdem brauchen Sie erst einmal etwas Zeit, das Erlebte zu verarbeiten.«

Wir sind zu verblüfft, um darauf etwas zu sagen. Deshalb spricht der Chefarzt einfach weiter: »Ich möchte Ihnen Ihr Eigentum hiermit zurückgeben. Wir mussten es Ihnen abnehmen, als Sie im Koma lagen. Sie wissen schon; die Mess-Elektroden an Ihren Fingern. Hier, bitteschön!« Er holt ein weißes Tuch-Knäuel aus der Jackentasche, das er langsam öffnet. Darin liegen – wir trauen unseren Augen kaum – unsere vier Ringe. Sie strahlen in genau derselben Schönheit, in der wir sie in Erinnerung haben. Würdevoll nimmt Professor Hodin den weißen Ring und übergibt ihn Freya. Dann nimmt er den violetten Ring, um ihn mir auszuhändigen.

»Danke sehr!«, hauche ich.

»Bitte sehr!«, gibt er lächelnd zurück.

Auch Rainer erhält seinen grünen Ring sowie Hartmuth sein rotes Schmuckstück.

Nachdem er den letzten Ring übergeben hat, verabschiedet sich der Arzt von uns. »Nun muss ich mich sputen. Ich bin spät dran. Mein Taxi nach Walaskialf wartet schon. Ich wünsche eine gute Nacht, beste Genesung und dass Sie alle Vorhaben umsetzen können. Das wird mit Sicherheit auch geschehen, wenn Sie entschlossen den Ihnen vorherbestimmten Weg gehen, glauben Sie mir.«

Damit verschwindet der Professor wieder hinter der Gangbiegung und seine Schritte verhallen.

Einige Minuten lang stehen wir völlig perplex da. Niemand sagt ein Wort. Aber wir fühlen uns nun so erfüllt mit Wahrhaftigkeit und machtvoller Kraft, wie unmittelbar nachdem uns die Ringe in Walhalla überreicht worden waren und wir sie uns angesteckt hatten.

»Moment mal!«, ruft Hardy plötzlich aus. »Wo wollte der hin? Nach Walaskialf? Das ist Wodans Wohnsitz in Åsgård, von wo aus er die Welten überblicken kann. Das kann doch nicht wahr sein, oder?« Sofort rennt er in Richtung Schwesternzimmer.

»Entschuldigung, ich habe eine kurze Frage«, beginnt er aufgeregt.

»Natürlich«, antwortet die Schwester auskunftsfreudig.

»Gibt es hier einen Professor Hodin? Chefarzt der Notfallmedizin?«

Die Schwester schüttelt den Kopf. »Nein, ganz sicher nicht. Den Namen habe ich noch nie gehört.«

Epilog

Man könnte nun wahrlich viel berichten. Über die persönlichen Entwicklungen der vier Freunde, deren Lebens-Pfade tatsächlich außergewöhnliche Taten und Ereignisse pflasterten. Ebenso wäre interessant zu berichten, welch unglaubliche Ansteckung von einem derart bewussten Leben in Aufrichtigkeit, Tatkraft, Mut, Liebe, Selbstverantwortung und Weisheit ausgehen kann; von einem Leben, wie es nun von jenen vier Freunden geführt wurde, seit sie die Geschenke zum inneren Erwachen erhalten hatten.

Das würde aber den Rahmen dieser Erzählung sprengen. Außerdem soll die Fantasie des Lesers nicht unterfordert werden. Je mehr berichtet wird, desto weniger vermögen die persönlichen, kreativen Kräfte ihre eigenen Pfade zu schlagen.

Dennoch sollen drei Beispiele genannt werden. Beispiele, die der Leser bereits kennt. Diesmal aber verlaufen sie anders, denn es wirkt nun etwas Neues auf unserer Erde.

Frankfurt am Main, Stadt des Geldadels

»Hey, Alter!«, rief der jugendliche Türke mit deutschem Pass einem pummeligen Kumpel undefinierbarer Herkunft entgegen. »Komm mit, ein paar Reifen aufmischen!«

Der Dickliche schluckte die letzten Reste der zweiten Bockwurst hinunter, ließ die mit Tomatenketchup beschmierte Pappschale achtlos auf die Straße vor der Imbissbude fallen, nickte heftig und rannte seinem Freund hinterher, so rasch es die vom Bier gesättigten Wülste seines Bauches erlaubten.

Zwei Straßen weiter begann ein etwas besserer Stadtteil. Weniger Müll lag dort herum. Keine Prostituierten gingen nachts auf Kundenfang. Und hier und da war sogar ein Mittelklassewagen auf der Straße geparkt.

»Hey!«, rief der Dicke schon nach zehn Minuten. »Der hier passt! Gehört so 'ner Arsch-Kack-Spießer-Familie.«

»Nö du!«, gab sein Freund zurück. »Den lassen wir stehen. Schau mal: *Baby on board*! Ist zwar so 'n Spießer-Spruch, aber ich mag Kids nun einmal. Ist doch toll, wenn jemand sich heutzutage noch traut, Kiddies in die Welt zu setzen. Auch wenn es spießige Deutsche sind.«

Während die Jugendlichen unschlüssig auf der Straße standen und sich überlegten, welches Auto denn ersatzweise aufgemischt werden könnte, schlich sich aus dem Hintergrund eine dunkel gekleidete Gestalt heran. Billiger Straßenanzug, aber nicht unordentlich. Die Augen – wenn man sie hätte sehen können – voll Gier, aber tot und geprägt von der Ausstrahlung eines Roboters. Die beiden Jugendlichen zogen sich rasch hinter eine Hausecke zurück, um zu beobachten, was geschehen würde.

Der Anzuggekleidete sah sich ein paar Mal um, dann trat er gezielt zu dem Mittelklassewagen und öffnete innerhalb von nur einer halben Minute die Tür. Er wollte sich gerade hineinsetzen – eindeutig, um den Wagen zu klauen –, da rannte der jugendliche Türke aus dem Versteck hervor, packte den Gangster, bevor er die Autotür zugezogen hatte, zog ihn mit einem kräftigen Ruck aus dem Wagen heraus und drückte ihn auf den Boden. Fest packte er ihn dabei am Kragen und rief: »Hey, du bekackter Typ. Der Wagen ist tabu. Da fährt 'n Baby mit. Und ich mag Babys. Kapiert?«

Der Gangster im Anzug wollte gerade in die Tasche greifen, um eine Waffe zu ziehen, da sprang auch der Dickliche hinzu, holte ein – laut Waffenrecht verbotenes Butterfly-Messer aus der Hosentasche, setzte es dem Gangster an den Hals und zischte: »Schön ruhig liegenbleiben, du Ratte, sonst war's das!«

Bülent, dessen Eltern eine Auffang-Einrichtung für drogensüchtige Jugendliche leiteten und sich aufopfernd für ihre Mission einsetzten, holte ein Spitzmesser aus seiner Weste, das schon manchem Reifen das Leben aushauchen ließ, und hob es drohend. Dann rief er: »Mach bloß keinen Scheiß, du Hammel!«

Während die beiden Halbwüchsigen den verhinderten Autoknacker schachmatt setzten und sich überlegten, ob sie die Polizei rufen oder dem Kerl einen Denkzettel verpassen sollten, ereignete sich in jener Familie just in diesem Augenblick etwas Schreckliches.

Das Baby, von dessen Anwesenheit der Aufkleber am PKW der Familie zeugte, bekam einen schweren Asthma-Anfall. Notfall-Spray war nicht mehr vorhanden.

Besorgt rannten die Eltern mit ihrem Kind hinaus, um es rasch zur Klinik zu fahren.

Da erkannte der Vater geistesgegenwärtig die Situation vor seinem Auto. Sofort rief er seiner Frau zu, sie solle die Polizei anrufen und dann schnell wieder herauskommen.

Dankbar legte der Vater in der Zwischenzeit dem jungen Türken und seinem dicklichen Kumpel die Hände auf die Schultern und sagte: »Ihr wisst gar nicht, wie dankbar ich euch bin. Wenn der Typ das Auto geklaut hätte, hätten wir die Kleine nicht in die Klinik bringen können.«

»Schon gut!«, antwortete Bülent, ganz verdutzt über den Fortgang der Ereignisse. »Ich kann solche Ratten nicht ausstehen, die mit ihren dummen Aktionen Kids schädigen.«

Dann ging alles ganz rasch. Zwei Streifenwagen, die sich in der Nähe befanden, kamen innerhalb von nur zwei Minuten angedüst.

Einer fuhr mit der Mutter und dem Baby in die Klinik, wo das Kind rechtzeitig einer Notfall-Maßnahme unterzogen wurde und so gerettet werden konnte. Die Besatzung des anderen Streifenwagens lobte die beiden Jugendlichen ausdrücklich für ihre Zivil-Courage und übersah dabei großzügig, dass einer der beiden eine verbotene Waffe bei sich trug. Als die Personalien des Autoknackers aufgenommen wurden, stellte sich heraus, dass es sich um einen lange bereits gesuchten KFZ-Dieb handelte. Den beiden Jugendlichen wurde die auf ihn ausgesetzte Prämie von fünftausend Euro versprochen.

Im Laufe der Zeit entwickelte sich zwischen den Jugendlichen und der Familie eine echte Freundschaft, in deren Verlauf eines der seltenen Wunder geschah, dass die deutsche Familie sich für die muslimische Kultur zu interessieren begann, während die beiden Jungs manch alte Werte wie Aufrichtigkeit, Ehrenhaftigkeit und Wahrhaftigkeit in sich aufsteigen fühlten.

Bülent und sein Freund gingen seitdem nie mehr auf Reifenstech-Tour. Sie hielten sogar ihre gleichaltrigen Kumpels davon ab, solche Dinge jemals wieder zu tun.

Ein Paradebeispiel, das den Beginn einer neuen Epoche markierte, in der die Verschiedenheit der Menschen nicht zu Ego-Trips, Missgunst und Verhärtungen führte, sondern zu gegenseitigem Lernen und Wachstum.

Ein Jahr nach diesem Vorfall fingen die beiden Jugendlichen in der Sucht-Einrichtung von Bülents Eltern als Hilfs-Betreuer an, zu arbeiten.

Doch sicher nicht für immer, weil der Rauschmittel-Missbrauch in Frankfurt plötzlich und unerklärlicherweise rapide abzusinken begann.

Berlin, Hauptstadt der BRD

Als Berlin noch Hauptstadt der DDR war, war es sowohl im Westen als auch im Osten der Stadt problemlos möglich, als Frau des Nachts alleine durch die Straßen zu schlendern.

Heute sollte man dies besser lassen, wenn man nicht erfahren in der Kampfkunst oder bewaffnet ist.

Selbst Letzteres bietet nur eine trügerische Sicherheit.

Den Kräften der Verrohung und Bosheit geht es nämlich gar nicht mehr darum, jemanden zu berauben oder eine wehrlose Frau zu vergewaltigen, sondern nur noch darum, blind zu zerstören.

Tina – ein junges, hübsches Mädchen aus gutem Elternhause – war für das heutige Berlin leider zu naiv. Kein Wunder, war sie doch im ländlichen Niederbayern aufgewachsen, wo die Welt noch in Ordnung ist, wie man dort behauptet. Sicher nicht immer wahr, doch waren für bayrische Verhältnisse die Zustände in manchen Bezirken der Bundeshauptstadt ein ferner Albtraum. Zu fern, um in seiner schrecklichen Wirklichkeit registriert zu werden.

Als Tina mit ihren Eltern nach Berlin zog, lernte sie rasch viele Männer kennen, die ihr mehr oder weniger freizügig den Hof machten. Die Internationalität Berlins und das Gewirr an fremdländischen Eindrücken waren für das dörflich geprägte Mädchen wie die Offenbarung der großen, weiten Welt.

Trotz der geschickten Anmach-Taktiken landete sie aber niemals in den Betten sogenannter Freunde, die das ländliche Mädchen mit dem unschuldigen Blick nur allzu gerne verführen wollten. Aufgrund ihrer inneren Stärke und Selbstsicherheit in Verbindung mit Kampfkunst-Training und regelmäßiger Meditation wurde sie niemals von den Wogen der Verführung komplett überspült.

Tina dürstete es einfach nicht nach wilden Nächten und der darauf meist folgenden emotionalen Leere. Stets suchte sie nur nach der wahren, sonnenhaften Liebe in ihrem eigenen Herzen, die sie dann voll Kraft und glühender Vitalität auf ihre Umwelt verbreitete. Denn wahre Liebe erfuhr Tina in diesen Kreisen nicht. Das war ihr recht rasch und mit schonungsloser Härte klar geworden. So sah sie sich in der Pflicht, dafür zu sorgen, dass ihre eigene, innerlich erlebte Liebeskraft auf diese rohe Umwelt einen hohen Einfluss nehmen würde.

Gier und besitzergreifende Täuschungen verschwanden in ihrem Umfeld daher mehr und mehr. Stattdessen begannen sich ihre Freunde, den wahrhaftigeren Dingen des Lebens zuzuwenden.

Irgendwann sah sie auf der Straße einen Afrikaner herumlungern, der in einem gewaltigen, emotionalen Loch zu sitzen schien. Sie nahm ihn wie zum Trost in die Arme.

Was in Wirklichkeit in diesem Moment in ihm geschah, registrierte dieser heruntergekommene Einwanderer aber nicht. Zwei Wochen später jedoch ging er zur Ausländerbehörde, weil er wieder nach Afrika wollte. Er hatte eingesehen, dass sein heimatgeprägtes Herz in Berlin nur verkümmern würde und dass er auf falsche Versprechungen von Schleppern hereingefallen war.

Der Rest ist rasch berichtet: Der Afrikaner traf Tina nach ein paar Tagen wieder. Sie verhalf ihm zu einer kurzfristigen Stelle, wodurch er sich die Reisekosten selbst verdienen konnte, wie er es wollte. Einige andere, die sich ihr tägliches Brot durch den Verkauf von Kokain, Crack und Opiaten verdienten, überzeugte der Mann zudem davon, diesen Irrsinn zu beenden. Zwei davon, Afrikaner wie er, flogen sogar mit ihm zurück in ihre Heimat.

In der Folgezeit begann Tina, sich sehr für Prostitution und Drogenkriminalität zu interessieren. Nicht, um mitzumischen, sondern um für eine gehörige Wandlung zu sorgen, die ihr sogar auf ungeheuerliche Weise, durch ihr kraftvolles und zugleich liebevolles Auftreten, gelang.

Sie wusste, dass dies nur der Beginn des Pfades war. Sie wollte nämlich auch dafür sorgen, dass die Kunden von Prostituierten und Drogen-Dealer immer weniger werden würden, damit sich diese einst fehlgeleiteten Menschen wieder edleren und sinngebenden Zielen widmen können.

Wo kein Bedarf für das Finstere mehr besteht, da zieht es sich bekanntlich von alleine zurück.

Dieses Prinzip hatte Tina verstanden.

Jene Begebenheit aber war nur eine von vielen, die sich nun auf wundersame Weise in der Hauptstadt der Bundesrepublik Deutschland ereigneten.

Schondorf am Ammersee, Institut für Metaphysik und Symbolik

Professor Grotenbrink – Vorsitzender des Studienkreises für germanische und keltische Mystik – referierte gerade vor einem interessierten Publikum in der kleinen bayrischen Akademie für alternative Wissenschaften: »... und deshalb, meine Damen und Herren, gehen wir heutzutage immer mehr zu der Annahme über, dass die alten Götter nicht nur als symbolhafte Wesensteile des Menschen oder gar als aus Massenhalluzinationen entstandene Wunschträume von Primitiven zu werten sind, sondern als sehr reale Wesen, beheimatet in anders schwingenden Seins-Bereichen abseits der Materie, statisch in ihrer Wesenhaftigkeit zwar, aber dennoch mit höchst verwunderlichen Eigenschaften und Fähigkeiten ausgestattet. Der moderne, rational verseuchte Mensch hat sich zwar mehr und mehr aus dem Schwingungs- und somit Einflussbereich dieser Gottheiten entfernt, doch haben die alten Götterwesen nichts von ihrer Kraft verloren. Sie sind jedoch nur noch selten dazu fähig, diese Kraft zum moralischen Wachstum des Menschen anzuwenden, da der heutige Mensch die Kontaktfähigkeit zu ihnen zumeist verloren hat. Seine inneren Sinne sind zu stumpf geworden, um noch entsprechende Resonanzen verspüren zu können. Nur in Ausnahmesituationen, bei Menschen, die ihr Bewusstsein den höheren Mächten des Kosmos zuwenden, könnten vielleicht noch echte Kontakte zustande kommen. Mehr zu diesem Thema wird Ihnen unser heutiger Gastreferent berichten können. Ich bitte Herrn Professor Hodin ans Rednerpult.«

Unter den interessierten Blicken des Publikums betrat ein stattlicher, hehrer Mann die Bühne, in dessen aufrechtem, silberbärtigem Gesicht nur ein einziges, hellblau strahlendes Auge leuchtete.

Biografie

Parzzival
Autor & Komponist
– ein Künstler-Portrait –

Das Leben des unter dem Pseudonym Parzzival agierenden Autors war von Kindesbeinen an durch Helden-Epen aus griechischer und germanischer Mythologie und durch Musik geprägt. Nach dem Abitur leistete er zunächst Zivildienst in einem Krankenhaus, studierte später kurzzeitig Medizin und Psychologie, um dann doch für einige Jahre erst einmal in verschiedenen Ländern als Reiseleiter zu arbeiten, zunächst im Süden als Clubanimateur, später als Tourenführer in Island, Kanada, Norwegen etc. Während dieser Zeit erwachte in dem bis dahin völligen Materialisten ein mystisches Empfinden für die Natur und für innere Bewusstseins-Prozesse, was sich nach seiner Rückkehr nach Deutschland in einer glühenden, spirituellen Suche niederschlug, die ihn bald zum Integralen Yoga führte, einem umfassenden, meditativen Persönlichkeitsentwicklungsweg.

Schwerpunkte seiner musikalischen Arbeit sind hochmelodiöse, besinnliche Werke, die das Herz berühren möchten, sowie Musik zum Träumen. Doch auch virtuose Etüden auf Klavier und Flöte, Kunst- und Kinderlieder, ergreifende sinfonische Musik und reine Experimentalmusik auf dem Synthesizer gehören zum Repertoire des Komponisten.

Parallel zu seiner musikalischen Arbeit schrieb Parzzival Märchenbücher (z. B. die bisher sechsbändige, hervorragend beurteilte Reihe »Zwergle-Geschichten« für Vorschul- und Schulkinder), Fantasy-Romane, Tierparabeln und Bücher über Suchtkrankheiten sowie über den gesellschaftlichen Verfall. Sein schöpferisches Gesamtwerk umfasste Ende 2013 über 1250 verlegte Kompositionen, die auf 161 CDs verschiedener Labels veröffentlicht wurden. Als Schriftsteller hatte er bis 2013 genau 31 Bücher verfasst, die gerade im kinder- und jugendtherapeutischen Bereich hervorragende Beurteilungen bekommen haben. Die mystischen Fantasy-Romane wurden von dem Wirtschaftswissenschaftler und Literaten Prof. Dr. W. Kaltenstadler als »brilliant« bezeichnet und »100 Jahre zu früh«.

Der Facharzt der Psychiatrie, Dr. Rainer Jung aus Braunschweig, schrieb in einer ärztlichen Stellungnahme: »Nach meiner Auffassung hat sich der Autor gründlich und tiefgehend mit den Symbolismen und Archetypen innerhalb des menschlichen Bewusstseins beschäftigt. ... Insbesondere bewundere ich aber ... seinen Wagemut, politisch hochbrisante Themen anzuprangern, so zum Beispiel Rechtsradikalismus, pseudo-islamischen Terror, globale Gleichschaltungen und egozentrisches Macht-Bestreben einzelner Politiker oder ganzer Industrie-Zweige. Eingebettet in zunächst märchenhaft erscheinende Rahmenhandlungen lässt der Autor den Leser seiner Werke oftmals einen erschreckenden Blick hinter die makellos weißen Fassaden der verschiedenen Zivilisationen unserer Welt werfen und legt somit den Finger in viele Wunden unserer Zeit. Seine teilweise recht brisanten Schriften mögen manchen Leser zum Überdenken der eigenen, eingefahrenen Lebensstrukturen anregen und im Umgang mit Werbung und Nachrichten zu größerer Kritik mahnen. Dabei belässt er es aber nicht bei bloßen metaphorischen Zustandsanalysen oder bei Spekulationen zu den Hintergründen, sondern versucht konkret, zu diesen höchst bedenklichen Erscheinungen unserer Zeit Lösungswege aufzuzeigen. ...«

Von 1999 bis 2010 lebte Parzzival mit Familie zum Teil in der Wildnis der norwegischen Weiten, zunächst auf einer kleinen, ziemlich autarken Farm, später in einer einsam gelegenen Berghütte, wo er und seine Gefährtin sich – neben den kreativen Tätigkeiten – auch mit Anbau der eigenen Nahrung, Jagd- und Forstwirtschaft sowie heilkundlichen Aspekten der nordischen Pflanzenwelt beschäftigten. Ausgedehnte Trekking-Touren in die letzten »weißen Flecken« der nordischen Landkarte, wie z. B. die Finnmarksvidda und Spitzbergen (wo er auch gelegentlich Touren-Führungen betreibt), bieten ihm die tiefe Inspiration und äußere Weite, die zur Manifestation seiner ungewöhnlichen künstlerischen Arbeit offenbar regelmäßig vonnöten ist.

Das Ziel all seiner kreativen Arbeit beschreibt Parzzival folgendermaßen: »Ich möchte mit den mystischen Romanen, den Märchen und der besinnlichen Musik viele Menschen in der Tiefe ihres Herzens berühren. Wir alle lassen uns von den Äußerlichkeiten unseres Alltags viel zu sehr fesseln und oft sogar niederschmettern. Doch eine wirklich berührende Musik hilft uns, im Innern das Wesentliche unseres Daseins zu erfahren: Die tief verwurzelte Sehnsucht, nach unserem Ursprung und unserem Lebens-Sinn zu suchen. Und wer erst einmal damit begonnen hat, den Sinn seines Lebens zu erkunden und auch bewusst zu verwirklichen, für den beginnt ein neuer, erfüllender Lebensabschnitt ohne jede innere Leere des Alltags, doch voller Zufriedenheit und Freude. Und was ist letztlich erfüllender, als eigenen inneren Frieden und aufrichtige Freude mit seinen Mitmenschen zu teilen? Ich spiele auf den Konzerten einfach, weil es mir im Herzen Freude bereitet, nicht um damit Geld zu verdienen oder gar berühmt zu werden.«

Warum das Pseudonym Parzzival verwendet wurde, kann auf dieser Webseite erahnt werden: http://www.neue-dimension.eu/derpfaddesnarren1.html

An den Wurzeln von Yggdrasil - Meditationen über die neue Ära der Menschheit (2015)

Dieses Album bietet im typischen Stil des Künstlers eine tiefschürfende musikalische Reise zu den Geheimnissen in der Tiefe des menschlichen Bewusstseins. Ob nun der Drache Nidhöggr an der mysteriösen Quelle Hvergelmir besucht wird oder die Welten-Esche bis in die höchsten Höhen des Seins bestiegen wird, alle Existenz dabei durchwandernd, jedes Mal wird der Hörer eine Resonanz zu eigenen Seins-Bereichen finden, die ihm neue Erfahrungen zu schenken vermögen.
Das Album stellt eine Vertonung der inneren Erfahrungen aus Parzzivals Mystery-Roman »Walhalla« dar. Es ist als CD 164 auf dieser Webseite erhältlich: http://www.neue-dimension.eu/coverundhoerproben.html